Los hombres de Muchaca:
Las divertidas aventuras de Christian Thomas en un país del sur

*Esta aventura está inspirada en situaciones reales
vividas por mi hermano y por mí
cuando trabajamos como guías de turismo.*

Editorial Bambú es un sello
de Editorial Casals. S. A.

© 2006, Mariela Rodríguez
© 2006, Editorial Casals, S.A.
Casp, 79. 08013 Barcelona
Tel. 93 244 95 50
Fax 93 265 68 95
www.editorialbambu.com

Diseño de la colección: Miquel Puig
Ilustración de la cubierta: Maribel Mas

Primera edición: marzo de 2006
ISBN: 84-934826-1-7
ISBN-13: 978-84-934826-1-9
Depósito legal: M-4944-2006
Printed in Spain
Impreso en Edigrafos, S. A., Getafe (Madrid)

Los hombres
de Muchaca
Mariela Rodríguez

**bam
bú**

EDITORIAL

1

La carta

Los indios muchacas ocupaban casi en su totalidad lo que es hoy el país de Galerón; ellos formaban una raza aguerrida, orgullosa y valiente, implacable con sus enemigos y temerosa de sus dioses. Estos dioses representaban los símbolos de la vida que, según la mitología muchaca, eran el agua, el fuego, los astros, el mundo espiritual y la libertad. En el apogeo de esta civilización, hábiles orfebres crearon la representación terrenal de los cinco dioses: cinco figuras masculinas, hechas completamente de oro y adornadas con piedras preciosas. El pueblo, orgulloso, decidió dar a estas estatuillas un nombre común y las llamó los hombres de Muchaca; a partir de ese momento comenzaron a ser veneradas y defendidas, incluso con la vida si era preciso. Por eso, al llegar los conquistadores a nuestras tierras, temiendo que intentaran apropiarse de ellas, el *shabek*, el jerarca más importante de la civilización, decidió ocultarlas. Con este fin escogió a los cinco hombres más veloces y fuertes de toda la comunidad y entregó a cada uno de ellos una figura, encomendándoles que, después de recorrer grandes distancias, las escondieran en lugares secretos de difícil acceso para que nadie las pudiera encontrar.

Tara interrumpió su explicación para beber un sorbo de agua y, ante la mirada de asombro de su compañero, que no pronunciaba palabra, lanzó un suspiro de satisfacción mientras se arrellanaba en su cama y se disponía a continuar:

–Mi familia desciende de estos muchacas, más concretamente, del *shabek* que entregó las estatuillas. Sólo él conocía el lugar exacto en el que habían sido escondidas y anotó las claves para que pudieran ser localizadas en el futuro. Hasta ahora, esas claves han estado bajo la custodia de mi familia y así seguirán en las generaciones siguientes.

–¿Y cómo están escritas esas claves? –quiso saber Christian–. ¿Tu pueblo conocía la escritura en los tiempos de la conquista?

–Teníamos un alfabeto de palabras representado por dibujos sencillos, al igual que la mayoría de las civilizaciones antiguas; se trataba de una escritura pictográfica. Para dejar constancia de la localización de los hombres de Muchaca, el *shabek* dibujó los signos sobre un trozo de tela creando un pictograma... Nuestro pueblo era muy avanzado –explicó Tara.

–¿Y por qué no han localizado las figuras si tu familia tiene las claves?

–Porque no hemos tenido interés en buscarlas –contestó Tara secamente. Luego, mirando la cara de confusión de Christian, continuó–. Nuestro pueblo fue casi exterminado: primero por los conquistadores; después, por enfermedades que llegaron de fuera. Ahora somos destruidos por el progreso, pues nuestro territorio está cada vez más reducido, a medida que destruyen la selva. Lamentablemente, sólo tenemos tiempo para pensar en sobrevivir y no podemos permitirnos idolatrar unas figuras que desaparecieron de nuestra cultura hace cientos de años y que a nadie interesan ahora.

–A mí sí me interesan... –dijo tímidamente Christian.

–Pues tal vez un día te llame para que busquemos las figuras juntos –le ofreció Tara entre risas mientras apagaba la luz y se acostaba a dormir.

****

Un año más tarde, Christian todavía recordaba esa conversación con Tara. Se habían conocido durante una competición deportiva internacional en la que los dos participaban, pues compartían habitación. Los chicos se habían hecho excelentes amigos y, pese a ser de continentes diferentes –Christian era europeo y Tara, sudamericano–, al regresar cada uno a su país no perdieron la amistad y mantuvieron contacto permanente a través del teléfono y del correo.

Ese día Christian había pensado mucho en su amigo, pues las últimas veces que trató de hablar con él no había podido localizarlo. De repente, unos golpes a la puerta de su habitación lo sacaron de su abstracción:

—Entra, mamá —dijo con pereza.

La señora Thomas abrió la puerta y, mostrando un sobre que tenía en la mano, le dijo:

—Tienes correspondencia; creo que es de tu amigo Tara, el que vive en Galerón...

Christian saltó de la cama y, apresurado, tomó la carta. Sentía curiosidad por saber qué le había escrito su amigo. Rápidamente rompió el sobre y comenzó a leer una y otra vez, sin poder creer lo que leía:

«Querido amigo:

He pensado mucho en lo que hablamos la última noche que estuvimos juntos. Hace poco mi abuelo, que custodia el pictograma con las claves sobre la localización de los hombres de Muchaca, fue visitado por un alto funcionario del gobierno que quería información para saber cómo localizarlas. Ese hombre no tiene ningún interés en nuestro pueblo y sólo quiere las estatuillas para venderlas y lograr fama y fortuna. Últimamente ha estado presionando a mi abuelo y más de una vez las personas que trabajan para él han agredido a nuestra gente. Nosotros no tenemos recursos ni poder para defendernos y sabemos que, tarde o temprano, ese hombre logrará lo que desea. Por esa razón, los actuales líderes muchacas se han reunido y todos han estado de acuerdo con una idea que les sugerí: antes de que ese hombre se quede con el pictograma, preferimos entregártelo a ti, y tú podrás decidir qué hacer con él.

Exactamente dentro de quince días a partir de la fecha en que escribo esta carta, a las cinco de la tarde, una persona de mi absoluta confianza estará en el hotel La cigüeña, en la capital de Galerón, y preguntará por ti. Si tú estás allí, él te hará entrega del pictograma. De no ser así, en ese mismo momento lo quemará y los hombres de Muchaca se perderán para siempre.

No trates de contactar conmigo, pues estoy oculto con mi abuelo; sólo regresaré a mi hogar una vez que el pictograma esté en tus manos o sea destruido.

Tu amigo, Tara.»

–¡Quince días! –exclamó Christian con el papel en la mano–. ¡Quince días desde que escribió la carta! ¡La carta tardó una semana en llegar aquí. Eso quiere decir que sólo me queda una semana para llegar a Galerón; de lo contrario, quemarán las claves que permiten encontrar a los hombres de Muchaca!

Christian decidió hablar con sus padres y pedirles permiso para viajar a Galerón y visitar a su amigo Tara.

–No es un buen momento Christian –le contestaron–. En casi tres meses comenzarás a ir a la universidad y ni siquiera has decidido qué quieres estudiar.

–Justamente por eso quiero ir; quiero tener tiempo para mí, para pensar en lo que quiero hacer –dijo él inventándose una excusa–. Además, recordad que llevo tiempo ahorrando dinero de los trabajos que hago los fines de semana y con él me puedo costear el viaje.

–Esta bien –condescendió el padre–; tienes nuestro permiso, pero con una condición: a tu regreso de este viaje, deberás tener decidido qué carrera vas a estudiar.

2
Galerón

Eufórico, Christian se marchó a la casa de su mejor amigo, Michael. Tiempo atrás le había contado la historia de los hombres de Muchaca y Michael había demostrado el mismo interés que él por ese misterio, así que estaba ansioso por contarle las últimas noticias. Le enseñó la carta de Tara y le habló sobre su decisión de ir a Galerón y buscar las estatuillas.

–¡Pues yo voy contigo! –exclamó Michael entusiasmado.

–¿Y tú crees que tus padres te dejarán acompañarme?

–Claro que sí. Si tú vas, seguro que me dan permiso. Esta misma noche hablaré con ellos.

Y tal como esperaban, dos días después los chicos ya tenían su viaje preparado.

Al salir de la agencia de viajes, Michael le dijo a su amigo:

–¡No puedo creer que dentro de cuatro días tú y yo nos vayamos de vacaciones sin nuestros padres! Sin duda, éste será el mejor viaje de nuestras vidas. Tenemos suerte de que nos dieran permiso para ir solos.

–Tienes razón, aunque, pensándolo bien, tampoco somos unos críos...

En efecto, en algunos meses Christian cumpliría diecisiete años, si bien parecía algo mayor. Tenía el cabello castaño y los ojos de un azul profundo. Era alto, de complexión fuerte y de carácter muy reservado y analítico. Michael, su mejor amigo, era un año menor que él. Conocía a Christian desde la infancia y siempre había compartido con él sus mejores momentos. Michael era rubio, de cabello crespo y de piel muy blanca. Al igual que Christian, era alto y fuerte; tal vez por eso aparentaba más edad de la que tenía. A diferencia de Christian, Michael era jovial y extrovertido y le gustaba más aprender por ensayo y error que a través de los análisis que permanentemente hacía su amigo. Ambos eran deportistas y aventureros y con frecuencia se iban de *camping* con otros compañeros de estudio; por eso a sus padres no les sorprendió su deseo de viajar juntos.

Llegó el día de la partida y los dos chicos, tal como habían acordado, se encontraron en el aeropuerto junto con sus familias. La madre de Christian los miraba con ternura y les hacía las últimas recomendaciones mientras los abrazaba:

–Id con cuidado. Recordad que en Galerón hay serpientes gigantescas, arañas tan grandes que parecen cangrejos...

–Mosquitos que parecen aviones y muchos animales salvajes –agregó la madre de Michael mientras les daba un beso y acariciaba sus cabezas.

En ese momento se escuchó por megafonía: «Pasajeros del vuelo 278 con destino a Galerón, embarquen por la puerta seis.»

–Ése es nuestro vuelo –dijo Michael, mirando a sus padres con cariño.

–Os llamaremos cuando lleguemos –comentó Christian y, mirando a los padres de Michael, agregó–. No se preocupen; yo cuidaré de él.

Después de más abrazos, más besos y más recomendaciones, los dos muchachos embarcaron. Diez horas más tarde tocaban suelo galeronés.

El pequeño y pintoresco aeropuerto de Galerón estaba localizado en las afueras de la capital. Allí fueron recibidos por Miguel, un guía local que los llevó hasta el hotel La cigüeña, que estaba situado frente del mar.

–Aquí tenéis el número de teléfono de la agencia de viajes –les dijo Miguel al despedirse de ellos–. Si necesitáis algo, no dudéis en llamarme y, si queréis hacer alguna excursión, podéis preguntar por mi hermana Cecil, que es la dueña; seguro que os podrá ayudar.

–Gracias, Miguel; probablemente te llamaremos muy pronto –se despidió Christian agradecido.

Después de registrarse en el hotel y llamar a sus padres como habían prometido, los chicos decidieron pasar el resto de la tarde en la playa. Estaban cansados por el viaje, pero también deseosos de recibir los primeros rayos solares del trópico y de ver a lindas jóvenes paseando por la orilla del mar.

–Y ahora, ¿qué hacemos? –preguntó Michael tumbado en la arena.

–Debemos esperar a que el amigo de Tara se ponga en contacto con nosotros –respondió Christian mientras se recostaba en el tronco de un cocotero–. Eso será mañana a las cinco de la tarde.

–¿Y qué piensas hacer si conseguimos las estatuillas? Es decir, Tara pone en su carta que tú debes decidir su destino...

–Por supuesto, se las devolvería. Creo que tanto Tara como los jefes de su pueblo están un poco confundidos respecto a la importancia de las estatuillas y las asocian con la destrucción de su etnia, pero no es así, y yo estoy dispuesto a hacer que se den cuenta de ello –respondió Christian. Luego, dándose cuenta de que Michael quería seguir charlando, le dijo:

–Ahora déjame dormir un rato, que tengo muchísimo sueño...

Después de una noche tranquila, los muchachos recibieron el día siguiente con mucho ánimo. Habían decidido no moverse del hotel por si el enviado de Tara llegaba antes de la hora prevista, pero no fue así. A las cinco en punto de la tarde bajaron a la recepción y vieron a un joven que cruzaba la entrada del hotel. Tenía facciones indígenas y parecía bastante nervioso, mas al verlos, suspiró aliviado y se acercó a ellos, mientras le decía a Christian:

–Tú debes de ser Christian. Tara me enseñó tu foto.

–En efecto, soy yo –le contestó él extendiéndole la mano–, y éste es mi amigo Michael.

El joven, después de darles la mano, sacó rápidamente una bolsa de papel de su mochila y, entregándosela a Christian, le dijo:

–Aquí te entrego el testimonio de lo que fuimos en el pasado. Espero que lo uses correctamente; está en una bolsa de papel para no llamar la atención, pero realmente es muy valioso.

–Descuida –lo tranquilizó Christian–; seré muy cauteloso con el tesoro que me estás entregando.

El emisario de Tara se despidió de ellos y se fue. Christian y Michael se quedaron un momento parados, mirándose sin saber qué hacer. Tras unos segundos, Michael reaccionó y dijo:

–¡Vamos corriendo a la habitación para ver lo que te ha entregado!

Cuando estuvieron en ella, Christian vació la bolsa. Contenía un trozo de tela de color café, raída, manchada y doblada en cuatro pliegues.

–¿Qué es esto? –preguntó Michael curioso.

Christian desdobló la tela y, mirándola, explicó:

–Se trata del pictograma con las claves; lamentablemente, está en muy mal estado y los dibujos no se distinguen con facilidad. Déjame ver: hay cinco líneas horizontales con varios signos dibujados en cada una de ellas.

–¡Cinco líneas, cinco claves, cinco estatuillas que representan a cinco dioses! –exclamó Michael–. ¡Cada línea es una clave que describe el paradero de uno de los hombres de Muchaca; lo único que tenemos que hacer es descifrar los dibujos y buscar las figuras!

–¡Ojalá sea tan fácil como dices! –dijo Christian, divertido con el entusiasmo de Michael–. Vamos a tratar de descifrar la primera línea, es decir, la primera clave: busca lápiz y papel y trataremos de copiar los dibujos.

–También voy a buscar mi lupa; estoy seguro de que nos será de gran utilidad –añadió Michael.

Una vez que tuvieron sus instrumentos a mano, Christian comenzó a describir los símbolos:

– El primer dibujo es como una onda o, más bien, varias ondas.

– Tal vez se trate del viento o del agua –comentó Michael pensativo.

–Es una posibilidad –dijo Christian–. Puedes escribir esas opciones debajo del dibujo que estás reproduciendo... La segunda figura es una línea vertical... ¿Qué representará?

– Tal vez sea un árbol... –comenzó a decir Michael.

–Espera –lo interrumpió Christian–. No es una línea..., tiene otras marcas debajo. Déjame verlo bien con la lupa... Parecen otras ondas.

– ¡Eso es! –dijo Michael–, ¡más ondas! Lo voy a dibujar.

–El tercer símbolo es, sin duda, un animal. Fíjate, éstas parecen las patas y aquí está el cuerpo alargado. Y estos puntos..., no sé si fueron pintados a propósito o si serán manchas de la tela... No sé, dibuja todo exactamente como es y luego lo analizamos.

—Y la figura que sigue parece un arco –dijo Michael–. Probablemente representa a un animal con caparazón... Aquí abundan las tortugas.

—En ese caso le habrían puesto patas –le corrigió Christian mientras observaba detenidamente la figura–. No, debe de ser otra cosa.

—Luego lo averiguamos –dijo Michael, deseoso de continuar–. ¿Cuál es el último símbolo?

—Un círculo. Parece el Sol, porque tiene líneas que salen en todas direcciones.

—Es verdad; entonces, repasemos las figuras de la primera clave: unas ondas, una línea vertical con ondas en su parte inferior, un animal, un arco y un círculo que, aparentemente, es un Sol...

—No tengo la menor idea de qué querrá decir todo esto –dijo Christian–, pero estoy pensando que las ondas dibujadas quizás se refieran al agua, pues es un símbolo más tangible que el viento.

—Tienes razón..., pero ahora, ¿qué hacemos? La información que tenemos es muy vaga y no sé si nos servirá de algo.

Christian pensó un momento y luego le dijo a su amigo:

—Mañana visitaremos a Cecil, la hermana de Miguel, y le preguntaremos sobre las zonas de Galerón en las que hay cuencas hidrográficas. Por supuesto, no le diremos nada sobre las claves, sólo que nos interesa visitar algún lugar en el que podamos disfrutar del agua.

3
¡Bienvenidos a Puerto Esmeralda!

—¡Agua! Agua es lo que sobra en este país; allá donde tú vayas hay agua: ríos, playas, lagos, manantiales... y, si eso no es suficiente, cada tres días nos cae una lluvia torrencial que parece el diluvio universal –exclamó Cecil mientras lanzaba una sonora carcajada.

–Pero seguramente habrá algo más específico; un río importante, por ejemplo –dijo Christian.

–El Kocóino –explicó Cecil– es el río más importante de Galerón. Es muy caudaloso y atraviesa casi todo el país. En mi agencia ofrecemos una excursión por un tramo del Kocóino a bordo de una chalana; este viaje dura cuatro días, en los cuales navegamos río arriba, desde el pueblo de Puerto Esmeralda hasta el pueblo de San Isidoro. Durante el trayecto paramos en los lugares más interesantes que hay en la ribera.

–¿Qué es una chalana? –preguntó Michael.

–Es un barco pequeño hecho de madera, un poco rústico, sin muchas comodidades, pero el viaje resulta divertido. Si queréis aventuras, éste es un buen comienzo. Aquí tenéis toda la información; el importe está a pie de página –explicó a los chicos extendiéndoles un folleto.

Christian se fijó rápidamente en el pie de página y, al ver el precio, no pudo ocultar su decepción:

–Es un poco caro para nosotros –dijo tristemente–; no podemos pagarlo.

Los muchachos se levantaron de sus asientos y se dirigieron cabizbajos hacia la salida.

Cecil los miró con pena. Era una bella mujer que pasaba de los cuarenta años, aunque su estilo informal la hacía parecer más joven. Nunca se había casado, pues no deseaba atarse a nada. No; su deseo era viajar por el mundo, sobre todo, por Galerón, del cual era una gran conocedora. Cecil era un espíritu libre, bromista, simpática, pero, ante todo, muy generosa; así que, sintiendo lástima por esos chicos, decidió ayudarlos.

Cuando ya estaban a punto de abandonar la agencia, Cecil les hizo una sugerencia:

–Os hago una propuesta –dijo–. Actualmente estoy escasa de ayudantes que hablen bien el inglés para que sirvan de intérpretes a los turistas y para que realicen diversas labores durante los viajes, como colaborar en la cocina, cargar maletas, etc. Si os interesa, yo os contrato. Así podréis hacer el viaje sin pagar; al contrario, yo os pagaré a vosotros.

Los chicos se miraron sin poder creer lo que estaban escuchando. Christian, un poco cauteloso, preguntó:

–¿Y nos contratarías tan fácilmente? Ten en cuenta que no conocemos el país, no tenemos permiso de trabajo, incluso, somos menores de edad...

–¿Y quién sabe todo eso? –dijo Cecil, restando importancia al asunto–. ¡Bah, aquí a nadie le interesan esos detalles! Por otro lado, este acuerdo nos conviene tanto a mí como a vosotros...

Los chicos se miraron nuevamente y, sin más, comenzaron a dar besos y abrazos a Cecil.

–¡Gracias, Cecil, eres estupenda! –le dijeron.

–Sí, sí, lo sé –dijo ella mientras soltaba otra carcajada.

Dos días más tarde, Christian y Michael viajaban con destino a Puerto Esmeralda, un pueblecito localizado en plena selva amazónica, a orillas del río Kocóino. Al bajarse del avión fueron recibidos por el «mocho Rosendo», capitán de la chalana.

–Bienvenidos a Puerto Esmeralda. Me alegro de que estéis aquí –les dijo al verlos–. La chalana sale dentro de dos horas y los turistas están esperando a bordo, así que debemos darnos prisa.

Después de un corto recorrido en coche, llegaron al puerto donde embarcaron. La chalana era exactamente como se la había descrito Cecil: muy rústica y pintoresca; constaba de una sola pero amplia habitación para los turistas donde estaban colocadas diez camas literas; tenía comedor y baño comunitarios.

–¿Dónde dormiremos nosotros? –preguntó Michael–. ¿Con los turistas?

–No –les aclaró José, el primero de a bordo–; formáis parte del personal del barco, así que dormiréis en hamacas con nosotros.

–¡Qué divertido, nunca he dormido en una hamaca! –dijo Christian.

Los marineros se miraron y se echaron a reír. Quién sabe qué pasaría por sus cabezas.

Y comenzó el viaje. Christian y Michael se encargaron de repartir una sabrosa y refrescante guarapita de granadilla a los emocionados turistas. José, dándole la jarra y los vasos a Christian, le aclaró:

–Esta bebida se hace con granadilla y ron; es muy dulce al principio, pero no se confíen... Así que, cuando entreguéis un vaso a cada turista, debéis recomendarle que la tomen parados; si no, no se podrán levantar. ¡Ja! ¡Ja! ¡Ja!

–¡Mirad! –gritó de pronto una turista–. ¡Papagayos!

En efecto, eran papagayos de hermosos colores: amarillo, azul y rojo. Había decenas de ellos, al igual que loros y periquitos; todos volaban de un lado a otro del río. Pronto vieron caimanes descansando en la orilla de la playa que se lanzaban al agua apenas el barco se acercaba. Pasaron cerca de un garcero, que es el árbol en el que anidan las garzas y que, por el color blanco de estas aves, parece estar repleto de motas de algodón. Al poco rato comenzó a caer la noche; la combinación de colores del cielo mezclada con la belleza del paisaje convirtieron a éste en un escenario indescriptible. Los turistas estaban extasiados, aunque más de uno se quedó dormido a causa de la guarapita.

Después de la cena, todos se acostaron a dormir. Los chicos se dirigieron a sus hamacas dispuestos a pasar una placentera noche, sin saber lo que les esperaba.

Michael se lanzó a la hamaca. No llevaba más que unos minutos acostado, cuando notó que se venía abajo y caía al suelo. Antes de poder reaccionar, oyó las carcajadas de los marineros: el nudo con el que habían amarrado la hamaca había quedado flojo y se acabó de soltar con el peso del muchacho, que fue a parar al suelo dentro de la hamaca. El «mocho Rosendo» se acercó a él para ayudarlo a levantar, mientras, con lágrimas en los ojos de tanto reírse, le decía:

–¡Bienvenido a Puerto Esmeralda!

Luego se ofreció a atarle el nudo correctamente, pero Michael, por precaución, decidió hacerlo él solo. Todos se volvieron a acostar y se durmieron, aunque no por mucho tiempo: en mitad de un sueño liviano, Christian notó que alguien lo estaba observando. Al abrir los ojos se encontró cara a cara con un murciélago que descansaba sobre su pecho. El muchacho, asustado, saltó gritando: «¡Un vampiro! ¡Un vampiro!», pero al intentar salirse de la hamaca, sus pies se enredaron con los tejidos de uno de sus lados y también cayó al suelo.

«¡Que no se despierte nadie!», pensó mientras trataba de incorporarse velozmente, pero no tuvo suerte: el personal del barco se despertó con el estruendo y, al verlo, nuevamente comenzaron a reírse.

–Había un vampiro –dijo Christian apenado–; estaba en mi pecho...

—No te asustes, rubio —le interrumpió Rosendo—; era un murciélago frutero, que, además de caminar por encima de ti, no te va a molestar más. Si no te agrada, haz como nosotros, que dormimos tapados hasta la cabeza, para cuidarnos de las alimañas que abundan por aquí.

Christian, rojo por la vergüenza, se acercó a su hamaca nuevamente para acostarse. Al pasar cerca de Michael, éste le susurró en tono burlón:

—Bienvenido a Puerto Esmeralda.

4

Caimanes, jaguares y remolinos

A lo largo del día siguiente se detuvieron en varias playas de la ribera para que los turistas se bañaran, hicieran fotos y recorrieran los alrededores.

–Debemos aprovechar ahora para explorar la zona e intentar descubrir algo relacionado con el pictograma –dijo Christian a su amigo–. Tú quédate con los turistas que se quieran bañar en la playa; yo voy a proponer al resto ir selva adentro para conocerla un poco.

–Trato hecho –asintió Michael.

La mitad del grupo se marchó con Christian. Caminaban en fila india, entre una espesa vegetación y acompañados constantemente por el canto de las aves y vistas fugaces de algunos mamíferos.

Christian se mantuvo alerta, intentando descubrir alguna señal relacionada con la clave, pero no vio nada. Muy pronto llegaron a un charco de barro de tamaño mediano que había que atravesar para poder continuar.

–Déjenme comprobar si se trata de arenas movedizas –dijo Christian en tono autosuficiente.

Los turistas se detuvieron y Christian comenzó a pisar el barro; con cautela al principio, pero luego con más firmeza.

–Pueden pasar; miren, no se hunde –continuó mientras presionaba con sus piernas hacia abajo–. Parece que estoy parado sobre una piedra...

De pronto, la «piedra» se movió, echó la cabeza hacia atrás, abrió su gran boca y dio un mordisco a la bota de Christian. Los turistas gritaron y Christian perdió el equilibrio, cayó al suelo y desde allí pudo observar que la «piedra» volvía a moverse y se le echaba encima: era un caimán que descansaba enterrado en el lodo para refrescarse y, molesto, atacaba a quien le había despertado. Amenazante, el animal se acercó por segunda vez buscando la otra pierna de Christian, que, desesperado, intentaba levantarse y correr en medio del resbaladizo barrizal, sin éxito. Cuando ya estaba a un paso del chico, el caimán cerró sus poderosas fauces, pero la suerte quiso que lo primero que mordiera fuera la raíz de un ficus, especie arbórea de raíces gigantescas que sobresalen en la superficie. Esto permitió que Christian tuviera tiempo de correr y esconderse detrás del árbol. El caimán dio media vuelta y se marchó hacia un lugar más tranquilo.

Una vez recuperados todos del susto, regresaron a la chalana, donde los restantes viajeros esperaban para continuar el recorrido. Esa tarde pararon en diversos poblados indígenas asentados a la orilla del Kocóino; los turistas aprovecharon para hacer fotos y departir con los indios. Christian y Michael no perdían detalle de lo que veían, pero no encontraron nada que les sirviera para descifrar la tan anhelada pista. Esa noche se acostaron fatigados por el intenso día, si bien no olvidaron revisar el nudo de sus hamacas ni taparse de pies a cabeza.

Al día siguiente los chicos se despertaron con la agitación del personal del barco. Todos iban y venían de un lado a otro. Curiosos, se acercaron a la cubierta, donde tripulación y pasajeros contemplaban un espectáculo sublime: una hembra de jaguar estaba amamantando a su cachorro en un banco de arena. Los turistas estaban mudos; sólo se oía el sonido de las cámaras. De repente, la mamá jaguar notó la presencia de la chalana y tranquilamente se levantó, tomó al cachorro entre sus dientes y desapareció entre la vegetación. Tras su marcha, hubo un momento de silencio en el barco; después, los espectadores comenzaron a aplaudir y a reírse mientras, felices, intercambiaban impresiones sobre lo que acababan de observar.

Christian y Michael también se habían emocionado con el acontecimiento: una hembra de jaguar alimentando a su cría... Entonces, a Christian se le iluminó la cara y comenzó a gritar:

–¡El jaguar! ¡Debe de ser el jaguar! ¡Seguro que es el animal de la clave!...

–¡Tienes razón, es un jaguar! ¡El animal dibujado tiene puntos negros! –interrumpió Michael.

–Vamos a revisar nuevamente toda la clave –sugirió Christian.

Pero lamentablemente, tuvieron que interrumpir la conversación, pues José se les acercó y les dijo:

–Debéis entregar un chaleco salvavidas a cada turista, ya que vamos a pasar por la zona de los remolinos. Os recomiendo que vosotros también os pongáis unos chalecos.

–¿Es peligroso? –quiso saber Christian.

–No, si pasamos de lado con cuidado: la corriente es muy fuerte y este barco es pequeño, pero no os preocupéis, Rosendo es un capitán muy experimentado en el río Kocóino.

Después de ponerse sus salvavidas, los turistas se situaron en un lado del barco para observar con detenimiento los remolinos. Impresionados, miraban el movimiento del agua que giraba en círculo con fuerza y parecía poder tragar todo lo que estuviera cerca.

–¿Es peligroso? –preguntó un turista alemán a Christian.

–En absoluto –contestó él confiado.

Continuaron unos minutos su conversación, mientras terminaban de pasar los remolinos, pero de repente notaron que la velocidad de la chalana disminuía. Al sentir que prácticamente habían parado, Christian decidió preguntar al capitán qué sucedía:

–¿Qué pasa? –le preguntó.

Rosendo lo miró y, con una sonrisa nerviosa, le dijo:

–Estamos parados.

–Ya lo sé; ¿es eso normal?

–Hummm..., pues no.

–¿Y por qué no avanzamos? –preguntó Christian, que empezaba a preocuparse.

—Porque el motor se ha detenido y no se pone en marcha —le dijo Rosendo mientras cogía un destornillador y comenzaba a desarmar el encendido.

A continuación, notaron que el barco se movía hacia atrás; los turistas, alarmados, comenzaron a preguntar qué pasaba.

—No pasa nada —intentaba calmarlos Michael, aunque sabía que estaba mintiendo.

José se acercó rápidamente al «mocho Rosendo» y, tratando de no gesticular mucho, le dijo:

—Vamos hacia los remolinos.

—¿Qué? ¿Hacia los remolinos? ¿Y eso qué significa? —preguntó Christian alarmado.

—Que si no arranca el motor, todos nos vamos a mojar mucho —dijo Rosendo nervioso mientras forzaba el encendido. Segundos después, mirando a José, le ordenó—. Intenta remolcarnos.

José hizo señas a Christian para que le acompañara; éste, sin entender muy bien qué iban a hacer, lo siguió y se montó con él en un pequeño bote de goma que estaba amarrado a la chalana.

—¿Qué vamos a hacer? —preguntó.

—Trataremos de remolcar la chalana —le contestó José.

—¿Piensa remolcar un barco con este bote de goma? —interrogó Christian alterado.

—¿Tienes tú alguna otra solución? —preguntó José, molesto, a Christian.

Obviamente, el joven no tenía ninguna idea, así que, callado, decidió ayudar en lo que se le pedía.

Mientras Christian y José trataban, sin éxito, de empujar la chalana hacia delante, los turistas se preocupaban cada vez más. Veían que se acercaban peligrosamente a los remolinos y que todos los marineros estaban muy agitados.

Cuando faltaba poco para llegar al borde exterior del remolino, Rosendo gritó:

–¡El ancla! ¡Tirad el ancla!

Michael y un marinero corrieron a agarrar el ancla y la lanzaron con rapidez, pero el barco seguía moviéndose peligrosamente hacia atrás. Todos tenían el alma en vilo. Luego notaron una gran sacudida y, finalmente, la chalana se detuvo.

–¡Ya se ha sujetado al fondo; estamos a salvo! –dijo Rosendo, respirando profundamente mientras ayudaba a Christian y a José a subir por la borda.

Los turistas aplaudieron y rieron con alivio. Alguno, hasta se aventuró a felicitarlos:

–¡Qué buen espectáculo! ¡Por un momento creímos que todo esto era verdad y que estábamos en peligro!

Michael forzó una sonrisa y miró a Christian, que estaba pálido del susto. Rosendo que, por el contrario, ya había recuperado el color, se sirvió un vaso de guarapita y, feliz, dio una orden:

–¡Guarapita para todo el mundo!

Luego, levantando su vaso para hacer un brindis, dijo:

–¡Bienvenidos a Puerto Esmeralda!

El capitán y su equipo de marineros debieron trabajar durante toda la noche; de madrugada, el motor de la chalana comenzó a funcionar. Christian y Michael aprovecharon para dormir y recuperar fuerzas; estaban tan agotados por lo que había sucedido ese día, que no habían vuelto a pensar en los hombres de Muchaca.

El tercer día de viaje fue más apacible. El barco se detuvo muy cerca de una comunidad indígena y, desde allí, hicieron una excursión para conocer la fauna y la flora: abundaban las aves multicolores, los monos y unos graciosos animales con cuerpo de cerdo y una pequeña trompa llamados dantas. Los muchachos estudiaban la zona tratando de descifrar los símbolos restantes, pero no pudieron sacar ninguna conclusión. Esa noche se acostaron sin ánimo, pues al día siguiente terminaba el viaje y no habían resuelto aún el misterio de la primera clave.

«Nos equivocamos. El río Kocóino no es el lugar que describen los muchacas», fue el último pensamiento de Christian antes de quedarse dormido.

5
El descubrimiento

—Tengo una idea –dijo Michael a Christian a la mañana siguiente–. Anoche me comentó José que cerca de aquí hay un parque nacional muy interesante, con ríos, plantas exóticas y animales. En él hay un hotel de cabañas, situado a orillas de un lago de aguas rojizas; me dice que la arena es rosada y que las palmeras crecen dentro del propio lago. Podemos llegar en lancha a través del río Kocóino, pero en dirección contraria de la que vinimos. Si estás de acuerdo, vamos hoy hasta allá, conocemos el parque, pasamos la noche y por la mañana tomamos el avión de regreso.

Christian, que estaba desanimado, sonrió. Sabía que Michael quería alegrarle y agradecía su gesto:

—Me parece buena idea –dijo–; con el dinero que Cecil nos pagó por este viaje disfrutaremos de unos días de tranquilidad.

A mediodía, el barco atracó en el pueblo de San Isidoro,

donde terminaba la excursión. Allí, tanto los turistas como Christian y Michael debían tomar el avión de vuelta a la capital; pero los chicos, tal como habían decidido esa mañana, contrataron los servicios de un lanchero para que los llevara hasta el Parque Nacional Unanáima.

El recorrido que realizaron fue impresionante: a diferencia del tramo del río que habían recorrido en la chalana, que estaba rodeado de selva, aquí el espacio se ampliaba para dar paso a una inmensa sabana en la que abundaban árboles centenarios mezclados con altísimas palmeras y, a lo lejos, gigantescos macizos de arenisca con la cima totalmente plana, llamados tepuis.

–Allí está el campamento Unanáima –dijo el lanchero al mismo tiempo que entraban en la boca del lago del mismo nombre. Y señaló con el dedo unas chozas de madera que se veían al otro lado.

A la izquierda se podía apreciar un imponente salto de agua que se dividía en cuatro vertientes que caían furiosamente en el lago Unanáima y cuya bruma, combinada con el ardiente sol, originaba un inmenso arco iris. Al llegar a la orilla, un amable hombre se les acercó y los ayudó a bajar del bote; su nombre era Manuel y era el encargado del hotel. Tras registrarlos, Manuel los condujo a la cabaña y, mostrándoles una colina que comenzaba al pie del campamento, dijo:

–Dentro de dos horas empezaremos a servir la cena. Nuestro restaurante está arriba, en la colina. Lo construimos allí porque la majestuosidad del paisaje se aprecia mucho mejor desde lo alto.

Así era, en efecto: desde el restaurante, construido sin paredes, se ofrecía una vista espectacular del lago Unanáima y del salto de agua que habían observado desde la lancha. Después de cenar, Manuel se acercó a los chicos y se sentó un rato a charlar con ellos. En un momento de la conversación, Christian, que había estado bastante pensativo analizando una y otra vez la primera clave, hizo un comentario:

–¡Qué salto de agua tan imponente! No es el salto más alto ni el más caudaloso, pero es realmente impresionante. ¿Cómo se llama?

–Salto Charcanay –contestó Manuel.

–¿Y esa palabra qué significa? –preguntó Michael.

–*Charcanay,* en la lengua de los antiguos indios muchacas, significa 'jaguar'. Como el salto tiene cuatro ramificaciones, los indios muchacas decían que parecía las patas de un jaguar.

–¡Qué imaginativos eran los muchacas! –dijo Michael–. ¡Mira que comparar el salto con un jaguar!

Christian no dijo nada más; sólo observaba el salto de agua. De repente, se levantó y se despidió:

–Gracias por todo, Manuel. Tengo algo importante que hacer mañana y debo irme a dormir pronto –Y, mirando a Michael con una expresión de ansiedad, le dijo–. Tú también deberías acostarte.

Michael entendió la señal, así que, dando las buenas noches a Manuel, siguió a Christian.

–¿Qué te sucede? ¿Qué es esa cosa tan urgente que debemos hacer? –preguntó.

Christian no contestó y continuó su paso apresurado hasta la habitación. Allí, después de asegurarse de que las puertas y las ventanas estaban cerradas, sacó el pictograma y, agitado, dijo a Michael:

–Ya he comprendido lo que quiere decir la primera clave: las ondas horizontales son un río, luego el dibujo de la línea vertical con ondas en la parte inferior implica la caída del río a una altura diferente, donde continúa... ¡Es un salto de agua! Es decir, el agua corre horizontalmente y luego corre verticalmente... ¡Hacia abajo!

–Entonces...

–¡Es el salto Charcanay! –exclamó Christian–. Fíjate: habíamos concluido que el tercer dibujo era un jaguar, y la palabra *charcanay* en lengua muchaca significa 'jaguar'.

–Tienes razón –dijo Michael con excitación–; pero, ¿qué pasa con el resto de los símbolos?

–Sólo sabremos lo que significan cuando visitemos el salto –contestó Christian.

–Pues podemos contratar un paseo hasta allí –sugirió Michael–. La agencia local ofrece una excursión todas las mañanas y me han dicho que dura medio día.

Los muchachos apenas pudieron dormir esa noche. Ansiaban que amaneciera. ¡Finalmente sentían que estaban empezando a solucionar el misterio!

A la mañana siguiente, muy temprano, llegaron a la agencia de viajes local y reservaron dos puestos para el viaje que partiría en media hora. Nada más salir, todos los turistas comenzaron a exclamar maravillados por lo hermoso del paisaje que aparecía ante ellos, haciendo fotos y grabando con sus cámaras sin cesar. Después de un trayecto de veinte minutos se acercaron a una playa que estaba a un lado del salto y se detuvieron. Mientras se bajaban del bote, uno de los guías dijo:

—Desde aquí se puede hacer una excursión para pasar por detrás del Charcanay, pero sólo pueden ir adultos y deberán llevar zapatos con suela de goma. Quien desee hacer este paseo, que me siga; el resto se puede quedar aquí, en la playa, descansando con mi compañero.

Christian y Michael decidieron hacer la excursión y siguieron al guía junto con otras cuatro personas; sentían mucha curiosidad por lo que iban a ver. Subieron por una escarpada colina llena de rocas resbaladizas; estaban húmedas debido a la estela de agua que formaba la cascada y que era empujada por las corrientes de aire. Después de llegar a la cumbre, desde donde se veía un maravilloso paisaje, bajaron por otra ladera; pronto empezaron a sentir que la estela de agua se transformaba en gotas más grandes que caían más y más.

—Estamos empezando a pasar por detrás de la cascada, que comienza justo encima de nuestras cabezas —explicó el guía—. Sujétense con fuerza a la cuerda que está clavada en la pared de roca. Podrían resbalar y caer al agua allá abajo y no serían los primeros. Por eso no se permiten niños ni personas mayores en esta excursión.

En efecto, pronto se encontraron pasando en fila india a través de un túnel muy peligroso. De un lado tenían un muro de piedra enmohecido y resbaladizo al igual que el suelo; de otro lado tenían una cortina de agua que caía con fuerza al lago que se encontraba varios metros más abajo. Nadie hablaba, pero de repente Michael dio un codazo a Christian y le dijo:

–Mira más adelante; parece que el muro de piedra se abriera en dos formando una gruta.

Christian observó y, con curiosidad, preguntó al guía:

–¿Qué es eso?

–Es una gruta natural que se ha formado por efecto de la erosión del agua –contestó él.

–Nos gustaría verla –pidió Michael.

–Lo lamento, pero no está permitido, porque para llegar hasta allá debemos pasar un lugar aún más estrecho y resbaladizo que éste.

Christian se quedó mirando la pequeña gruta y de pronto todo tuvo sentido: ¡el arco dibujado en el pictograma representa una gruta y seguramente allí estaría el tesoro!

No sabía cómo iba a volver, pero de algo estaba seguro: ese mismo día regresaría allí.

6
El dios de oro

Durante el viaje de vuelta, Christian contó a Michael la deducción que había hecho y éste, aún más emocionado que su amigo, le dijo:

—Yo sé cómo podemos regresar: hay algunos lancheros que trabajan por su cuenta y cualquiera de ellos seguramente nos querrá llevar una vez que hayan acabado las excursiones regulares.

Al llegar al campamento se acercaron a un joven lanchero y lo contrataron para salir al final de la tarde.

—No podréis estar allí más de treinta minutos, pues es muy peligroso regresar de noche cerrada debido a los remolinos, además mi bote no tiene una buena iluminación —dijo el lanchero a los muchachos.

A la hora convenida se encontraron y partieron. Los chicos llevaban linternas, botas con una suela especial para no resbalarse, cuchillos, cuerdas de excursionista y una mochila. Al llegar a la playa del lado del Charcanay, se bajaron y pidieron al lanchero que los esperara, para luego escalar las rocas velozmente. Al comenzar a atravesar el túnel de agua, debieron reducir la velocidad, pues el suelo era extremadamente resbaladizo y cualquier paso en falso supondría el fin de la aventura. Pronto divisaron la pequeña gruta, pero tratar de llegar a ella fue más difícil de lo que esperaban: el paso se volvía demasiado estrecho y tenían que caminar pegados a la pared, lisa y enmohecida. Christian, pensando en la promesa que hizo a los padres de Michael de cuidarlo, tomó una rápida decisión y se la comunicó a su amigo:

–Es muy arriesgado que pasemos los dos. Saca la cuerda, la ataré alrededor de mi cintura y el otro extremo, al árbol que está poco antes de la entrada del túnel para poder sujetarme si llegara a resbalar.

Cuando estuvo listo, Christian comenzó a caminar hacia la gruta. Avanzó lentamente, paso a paso, pero al final lo consiguió. Aunque la ranura exterior no era muy ancha, la cámara interior era bastante amplia.

Allí empezó a observar hacia todos lados. El último dibujo de la primera clave del pictograma era un Sol, así que trató de buscar algo que tuviera esa forma. Después de un rato de intensa búsqueda, se dio cuenta de algo: un tímido rayo de luz entraba en la cueva a través de un pequeño boquete. «¡El Sol está entrando en la gruta; ésa es la respuesta!», pensó.

Esperanzado, trazó un círculo proyectando los diferentes lugares en el suelo donde debía de tocar el rayo de luz según la hora del día. Cuando lo tuvo, sacó su cuchillo y comenzó a palpar la superficie, que era de piedra y una fina cubierta de arena. De pronto notó que una de las piedras producía un sonido diferente a las otras al ser golpeada. Ante este descubrimiento, el corazón de Christian comenzó a latir con tanta fuerza que parecía que se le iba a salir del pecho y, sin dudarlo, empezó a escarbar con el cuchillo y con las manos para sacar la arena que rodeaba la piedra. Ésta estaba bastante compacta, por lo que el chico debió hacer un gran esfuerzo. Pronto se dio cuenta de que la piedra cedía y, tras un esfuerzo final, pudo sacarla. Debajo solamente vio arena, pero sin perder las esperanzas continuó escarbando con las manos, hasta que se topó con algo sólido. En ese momento oyó la llamada de Michael:

—¡Christian, debes darte prisa! ¡Está empezando a caer la noche!

Christian estaba tan concentrado en lo que hacía, que no se había dado cuenta de que estaba oscureciendo. Rápidamente encendió la linterna, la colocó en su boca y reanudó la tarea. Tras escarbar un poco más, pudo sacar el objeto que había tocado: era un trozo de tela similar al que contenía las claves y estaba envolviendo algo. Al retirar la tela vio un pequeño cofre hecho de nácar y reforzado con hilos de oro. En su superficie tenía finos grabados de lo que, a simple vista, parecían escenas de la vida cotidiana de los indios muchacas. Christian estaba extasiado ante la sobriedad del cofre y, después de admirarlo durante unos segundos más, lo abrió y ¡allí estaba!, una figura masculina dorada, de unos treinta centímetros, adornada con doce rubíes perfectamente labrados, colocados alrededor del cuello, las orejas y los pies. Sus facciones eran indígenas; al observarlo, Christian se sintió invadido por una sensación de respeto y temor a la vez.

–¡Christian! –volvió a gritar Michael–. ¡Acaba ya!

Christian guardó nuevamente la figura en el cofre de nácar y lo envolvió en una toalla que llevaba consigo. Lo colocó con mucho cuidado dentro de su mochila, guardó el cuchillo y salió de la gruta.

–¡Lo conseguí! –exclamó con aire triunfal cuando vio a Michael.

–¡Genial, amigo, ya me contarás los detalles! Ahora debemos irnos, porque ya casi no hay luz –le dijo Michael preocupado.

El regreso fue algo complicado a causa de la oscuridad, pero eso no les preocupó demasiado, pues sólo pensaban en su descubrimiento.

Esa noche descansaron felices en el campamento, se sentían relajados y muy afortunados por vivir esa increíble aventura. Apenas tocaron las almohadas se durmieron, pues el día había sido muy intenso y estaban extenuados; no obstante, cada uno se levantó varias veces por la noche para admirar su valioso tesoro arqueológico.

7
La segunda clave

Al día siguiente regresaron a la capital con la estatuilla escondida entre la ropa. Nuevamente se alojaron en el hotel La cigüeña y allí decidieron solicitar una caja fuerte para guardar en ella al primer hombre de Muchaca.

–Es hora de revisar la segunda clave –sugirió Michael al tiempo que sacaba cuidadosamente el trozo de tela y lo colocaba sobre la mesa de la habitación.

Minutos después, ya con el lápiz, la lupa y la libreta en la mano, comenzaron a estudiar los dibujos:

–La primera figura es un rombo. Está bastante nítida, así que puedes pintarla –dijo Christian.

Michael la dibujó y comentó:

–El segundo dibujo parece un pájaro; eso que está de lado semeja un pico.

–Creo que tienes razón –dijo Christian.

–¿Y qué más sigue? –preguntó Michael, listo para comenzar a dibujar la tercera figura.

–Parece una línea vertical con un círculo encima –contestó Christian titubeante.

–¿Será una letra *i?*

–Lo dudo –dijo Christian–. Por un lado, no creo que los muchacas conocieran nuestra escritura en esa época; por otro lado, el círculo es demasiado grande para ser un punto... y, viéndola bien, me parece que la raya vertical continúa hasta dentro del círculo.

–Tal vez sea un Sol y las otras líneas no se ven –insistió Michael.

Christian, deseoso de continuar, le dijo:

–Eso lo averiguaremos luego; ahora vamos a seguir con la última figura: se parece a un óvalo, pero es irregular...; probablemente estaban dibujando un animal desde arriba. ¿No crees?

–O una roca.

–Tienes razón... Pero ahora debemos decidir qué hacemos. Es decir, estamos seguros de la figura del rombo, pero es una información muy vaga. La otra figura clara es el pájaro, así que creo que debemos visitar algún lugar de Galerón donde se puedan observar aves.

Michael sonrió y le dijo:

–¿Sabías que Galerón es uno de los países con más variedad de aves en todo el mundo? Tiene más de mil quinientas especies diferentes.

–Gracias por la información –murmuró Christian haciéndole una mueca–. Eso me da muchas esperanzas... Entonces, tratemos de averiguar de qué ave se trata y así podremos saber qué zona del país habita.

Volvieron a estudiar el pictograma y Michael dijo:

–Parece que tiene algo en la cabeza; tal vez eso nos pueda ayudar.

–Es verdad, parece una cresta o un copete. ¿Qué ave tiene un copete?

–¡Un gallo! –exclamó Michael en tono burlón.

–¡Qué gracioso! –comentó Christian, haciendo una nueva mueca a su amigo–.Vayamos a la tienda del hotel. Allí hay libros sobre Galerón; estoy seguro de que en alguno de ellos encontraremos la información que necesitamos.

Los chicos se fueron a la tienda y pronto Christian consiguió el libro que andaban buscando:

–*Guía de las aves de Galerón* –dijo leyendo el titulo–. Éste es el libro perfecto –añadió mientras pagaba.

–Revisemos las láminas en la habitación –propuso Michael, empujando a su amigo hacia la salida.

Observaron las páginas a color del libro, donde aparecían con mucha precisión las mil seiscientas ochenta y nueve especies de aves identificadas en Galerón.

–¡Aquí está! ¡Es el pájaro carpintero! –gritó Michael, fijándose en una llamativa ave de color negro con rayas blancas y una graciosa cresta de color rojo.

–¡Tienes razón; el copete es como el que aparece en el dibujo! –dijo Christian–. Lee la información que hay sobre el pájaro carpintero para saber en qué zona de Galerón podemos encontrarlo.

–Según lo que dice aquí, esta especie de carpintero habita normalmente en zonas calientes, especialmente en las sabanas cálidas de Galerón –leyó Michael.

–¡Pues allá vamos! –exclamó Christian con decisión.

Al día siguiente, muy temprano, fueron a visitar a Cecil y le pidieron un viaje a la zona de sabanas cálidas.

–Esa zona es muy bonita –les dijo Cecil–, pero si el viaje en chalana os pareció caro, este viaje que me pedís os lo parecerá mucho más. Existen en el área tres haciendas ganaderas repletas de fauna silvestre donde se reciben turistas, pero las habitaciones son de lujo y no creo que podáis pagarlo.

–¿Y no tienes turistas que viajen a alguna de esas haciendas y necesiten ayudantes bilingües? –preguntó Christian esperanzado.

–En este momento, no –contestó ella –. Lo lamento, aunque...

–¿Aunque qué? –preguntaron los chicos inmediatamente.

–Dejadme hacer una llamada –dijo ella cogiendo el teléfono.

Tras unos minutos de conversación colgó y, con una sonrisa en los labios, les dijo:

–No hay trabajo para ayudantes bilingües, pero sí hay otra cosa.

–Perfecto –dijo Christian–. ¿En qué consiste el trabajo?

–Necesitan peones –contestó Cecil.

–¿Qué es eso? –preguntó Michael.

–Obreros de hacienda, vaqueros, gauchos, *cowboys*... ¿Entendéis? En uno de los ranchos que os mencioné contratan personal para trabajar por días, dependiendo de la cantidad de trabajo que haya, así que os pueden contratar mañana mismo. Si sólo queréis trabajar una semana, o quince días, o un mes, basta con que aviséis con antelación de que os vais a marchar.

Los muchachos se miraron y, con una sonrisa, se lanzaron sobre Cecil y la cubrieron de besos y abrazos. Ella, con una gran carcajada, les dijo:

—¡Ya sé que soy estupenda! Ahora dejadme, que me estáis llenando de babas.

Regresaron al hotel y prepararon sus maletas, pues al día siguiente salían de viaje. Aunque dejaron la primera estatuilla en la caja fuerte del hotel, se llevaron consigo el pictograma, muy escondido entre sus cosas.

Casi de madrugada salieron hasta la hacienda El Samán, pues quedaba a varias horas de camino por tierra. El Samán era un lugar muy visitado, tanto por turistas como por biólogos, científicos y amantes de la naturaleza; gracias a su gran diversidad animal, el lugar había sido declarado refugio de fauna silvestre. Era un sitio impresionante, totalmente diferente a lo que habían visto antes: sólo se veían planicies llenas de árboles de samán, cedro y teca. Cientos de aves que descansaban en la ribera de un riachuelo alzaban el vuelo a medida que ellos pasaban y los caimanes dormían plácidamente junto a las aves, con sus enormes bocas abiertas para, así, refrescarse. El chófer del vehículo que los llevaba debía tocar continuamente la bocina para que el curioso capibara, el roedor más grande del mundo, se apartara del camino, mientras, a lo lejos, se observaba a una hembra de oso hormiguero gigante que con su cría se dirigía hacia un pozo de agua.

En la hacienda fueron recibidos por Ramón, el encargado. Era un hombre que tenía casi setenta años, con veinticuatro hijos y setenta y seis nietos. Conocía la hacienda mejor que nadie y era un experto en la fauna que en ella se encontraba. Ramón los llevó a la casa de los peones y allí les indicó dónde se comía y dormía: al igual que en la chalana, todas las áreas eran comunitarias. Allí conocieron a los miembros del personal, con quienes congeniaron inmediatamente.

Pese a este agradable recibimiento, los días siguientes resultaron muy penosos. Christian y Michael tenían que levantarse de madrugada, dos horas antes de que saliera el sol, y llevar el ganado hasta los pastizales en unos caballos bastante rebeldes. A esos caballos no sólo no les gustaba ser montados por desconocidos, sino que, además, como eran muy pequeños, les molestaba el peso de estos dos muchachos, altos y robustos, así que se movían y coceaban, tirándolos al suelo constantemente. Por si eso fuera poco, el primer día de trabajo fueron comidos por cientos de garrapatas que les invadieron todo el cuerpo.

–Frotaos con un poco de gasolina. Las garrapatas entierran su cabeza dentro de la piel y, como el olor de la gasolina no les permite respirar, deben sacarla, con lo que es fácil quitárselas de encima –les recomendaba Ramón ante la cara de desagrado de los chicos.

La insolación también fue un problema, pues, aun cuando las horas de trabajo se planificaban para evitar el sol más fuerte, los muchachos se quemaron de cintura hacia arriba. La molestia de las quemaduras, unida a los dolores del cuerpo por cabalgar tantas horas, les hacía renquear y caminar de lado, lo cual causaba la burla de sus compañeros:

—¡Allí vienen las langostas! —gritaban cuando se acercaban.

Después de arrear el ganado, les tocaba limpiar los establos de los caballos y darles de comer; entonces hacían un pequeño descanso. Por la tarde, nuevamente recogían el ganado y limpiaban las jaulas de unos caimanes de tamaño mediano que se criaban en la hacienda a escala comercial. A menudo algún caimán se les acercaba peligrosamente y los chicos debían salir corriendo. Mientras tanto, los restantes peones se sentaban divertidos fuera del galpón y hacían apuestas sobre cuál de los dos chicos intentaría escapar primero.

«Todo sea por descubrir la próxima clave», pensaban ellos para darse ánimos.

Pero tanto trabajo no sirvió de nada. Por las tardes, cuando terminaban todas las faenas, salían a explorar la zona. Ramón les había mostrado un lugar donde se podían ver pájaros carpinteros y allí iban todos los días, a observarlos y a tratar de descubrir algo, pero el tiempo pasaba y no conseguían ninguna información útil.

8
Dos guías de turismo en apuros

Una tarde, Ramón se acercó a Christian y Michael y les dijo:

–Mañana llegarán unos señores ingleses que son amigos de los dueños y que desean conocer las sabanas cálidas. Si queréis, podéis llevarlos a pasear por la hacienda; así os libraréis de un día de trabajo.

A ellos les pareció una idea estupenda y al día siguiente fueron a recogerlos en un camión adaptado para llevar turistas. Se trataba de una pareja con su niña pequeña, la familia Warren, que tenía muchas ganas de conocer la fauna de la zona. Christian y Michael ya habían aprendido bastante bien los nombres de cada especie y, sobre todo, los lugares donde se podían ver.

Al poco tiempo de comenzar la excursión, Michael, con el objeto de causar buena impresión, decidió anticiparse al momento en el que realmente veía a los animales. Así, sin ayuda de los prismáticos, señaló a un ave que se encontraba bastante lejos y, con aires de sabiduría, exclamó:

–¡Allá hay un gavilán tejé, el *buteo albicaudatus,* cerca del molino de agua!

–¿Cómo sabes que es un gavilán tejé? –preguntó la señora Warren impresionada–. Estamos muy lejos para que lo puedas distinguir sin prismáticos...

–Bueno, con la experiencia me resulta fácil reconocerlo –dijo él ufano.

–Mentiroso –le susurró Christian–. Tú sabes que ese gavilán siempre está al lado del molino...

–Pero ellos no lo saben –le interrumpió Michael con una sonrisa pícara.

–Michael es muy inteligente –comentó el señor Warren.

–Es verdad, Michael, te felicito –dijo la señora Warren.

Christian, herido en su orgullo, decidió imitar a su compañero. Él sabía que un poco más adelante, en la copa de una palmera ya seca, había un nido de jabirúes con dos inmensos pichones; así, cuando a lo lejos sólo se veía la mata, Christian tomó sus prismáticos y, como un verdadero experto, indicó:

–Allá hay un nido de jabirúes con dos pichones inmensos dentro.

La familia Warren se levantó de sus asientos emocionada. El *jabiru mycteria* es una de las aves más grandes que existen y era un gran acontecimiento ver una familia junta.

–¿Dónde? –preguntó el señor Warren.

–Un poco más adelante –contestó Christian confiado.

–¿Dónde? No veo nada –dijo la señora Warren.

–Allá está el nido –explicó Christian señalando hacia el horizonte.

–Sí, veo el nido, pero está vacío –respondió ella.

En efecto, al acercarse no vieron nada, ya que los pichones habían abandonado el nido unos días antes y los chicos no lo sabían. Michael y Christian, al darse cuenta de lo sucedido, no pudieron contener la risa y la vergüenza y, tratando de cambiar de conversación, miraron hacia todos lados para conseguir algo interesante que mostrar.

–¡Una anaconda! –gritó de pronto Christian señalando hacia la orilla del río. Y allí estaba: una inmensa serpiente anaconda enrollada. Decidieron detener el vehículo para que los visitantes la vieran con detenimiento, pero al hacerlo se dieron cuenta de que la anaconda estaba estrangulando a una pequeña tortuga.

–¡La está matando! –gritó la hija de los señores Warren angustiada–. ¡Ayudadla!

Los chicos decidieron complacerla para que no se impresionara. Christian cogió a la culebra por la base de la cabeza, mientras el señor Warren trataba de liberar a la sufrida tortuga tirando del cuerpo de la anaconda. Michael hizo otro tanto, pero con la mala suerte de que la cogió por la parte baja de su cuerpo. De repente, un líquido blanco salió disparado de la culebra y bañó por completo la camisa de Michael; el olor era fétido y todos soltaron a la anaconda mientras la tortuga, recién liberada y atontada, nadaba río adentro.

–¡Qué asco! –gritó Michael–. ¡La anaconda ha hecho sus necesidades sobre mí!

Todos estallaron en carcajadas y la burla, que continuó el resto del camino, aumentó cuando Michael llegó a la casa de los peones con su camisa manchada de blanco y un olor nauseabundo que lo perseguía.

Esa noche los señores Warren les invitaron a cenar como gesto de agradecimiento por el paseo. Ellos aceptaron gustosos, pues era un alivio cambiar el menú de esos últimos días. Durante la cena, el señor Warren inició una conversación que ellos nunca imaginaron que iba a ser tan productiva.

–¿Por qué trabajáis aquí? –preguntó él.

–Estábamos interesados en obtener información sobre aves –contestó Christian– y, como el campamento para turistas nos resulta muy caro, decidimos aceptar este empleo.

–¡Qué casualidad! –continuó el señor Warren–. A mí también me llaman mucho la atención las aves. ¿En qué género de aves en particular estáis interesados?

–En ningún género en particular –intervino Michael–; nos llaman la atención las aves con copete.

–Entonces ya habréis ido a ver el gallito de las sierras –comentó la señora Warren.

Christian y Michael dudaron unos momentos y luego contestaron:

–La verdad es que no sabemos nada sobre esa ave.

–Es un ave espectacular –dijo el señor Warren entusiasmado–, muy similar al gallito de las rocas. Vale la pena que viajéis hasta donde vive para conocerla.

–¿Y dónde queda ese lugar?– preguntó Michael muy interesado.

El señor Warren se metió un bocado de carne en la boca y comenzó a masticar pausadamente mientras pensaba. Después de tragar, les dijo:

–Queda a unas seis horas de aquí. Primero debéis viajar en tren y luego recorrer un largo trayecto a pie; pasáis cerca de un yacimiento de esmeraldas al que, por supuesto, no podéis entrar y, tras una caminata por una zona boscosa, finalmente llegáis a «La arena» del gallito de las sierras.

–¿La arena del gallito? No entiendo, ¿nos puede explicar mejor eso? –pidió Christian con los ojos casi desorbitados por el nerviosismo, pues presentía que de pronto la segunda clave comenzaba a tener sentido.

Para angustia de los chicos, el señor Warren se metió otro bocado de carne en la boca, así que tuvieron que esperar a que masticara y tragara con toda calma. Tomó el vaso de agua en sus manos y bebió unos sorbos. Luego, se secó tranquilamente la boca con la servilleta y los miró; ya estaba listo para continuar su explicación:

–Arena es el nombre que se da al área boscosa donde los gallitos machos ejecutan una especie de baile para atraer la atención de las hembras. Es una zona muy específica y por eso debe ser preservada; si se talan los árboles de esa zona en particular, estas aves se encontrarán sin su lugar para buscar pareja y deberán emigrar.

Cada palabra que el señor Warren pronunciaba hacía que el corazón de los muchachos palpitara con más fuerza.

Era como si estuvieran hablando con un indio muchaca que estuviera descifrando las claves. ¡Ahora todo tenía sentido! El dibujo del rombo representaba una esmeralda: ¡el yacimiento de esmeraldas! El ave pintada no era el pájaro carpintero, sino el gallito de las sierras. Aquella línea vertical con un círculo encima representaba un árbol, en este caso, la zona boscosa donde estaba la arena del gallito de las sierras.

Christian, casi tartamudeando, pues las palabras se le agolpaban, le pidió:

—¿Nos puede dibujar un pequeño plano para poder llegar hasta esa arena?

—Por supuesto —dijo el señor Warren mientras ponía a un lado el plato que afortunadamente acababa de terminar. Tomando una servilleta limpia, comenzó a hacer en ella las anotaciones:

—Como os he dicho, tenéis que llegar en tren hasta la población de Santo Irique. Allí preguntáis por el camino que conduce al yacimiento de esmeraldas. Al pasar por uno de sus lados, debéis comenzar a caminar en línea recta unos tres kilómetros hasta que...

Christian y Michael miraban sin parpadear el mapa que dibujaba el señor Warren. Poco después se despidieron de la familia y esa misma noche hablaron con Ramón para informarle de que se marchaban al día siguiente. Poco antes de acostarse, Christian tomó el mapa y, dándole un beso, exclamó:

—¡Bienvenidos a Puerto Esmeralda!

9
El majestuoso gallito de las sierras

A las nueve de la mañana salió el tren para Santo Irique. Después de cinco interminables horas de viaje en un tren viejo e incómodo, llegaron a la estación final y allí Christian y Michael pidieron información sobre la ruta para ir hacia el yacimiento de esmeraldas, el cual, afortunadamente, quedaba cerca. Al divisarlo a mano derecha, sacaron el mapa dibujado por el señor Warren y Michael comenzó a leer las instrucciones mientras caminaban:

–Debemos marchar aproximadamente tres kilómetros por el camino de tierra; entonces veremos un árbol inclinado del lado derecho que parece caer sobre una roca. Ése es el momento para buscar un sendero a mano izquierda que se pierde entre el bosque montaña abajo.

–Allá está el árbol –dijo Christian de repente– y allí también está el sendero.

Michael continuó leyendo:

–Bajemos por él unos trescientos metros. Cuando el camino se acabe, debemos ir hacia el norte hasta que veamos una cascada.

–He oído un ruido de agua –comentó Christian–; movámonos hacia allí...

Pronto se toparon con un pequeño salto de agua que procedía de la Sierra Nevada.

–Perfecto –dijo Christian–. Allí esta la cascada. Ahora, ¿qué hacemos?

–Pues en teoría ya estamos en la arena –le informó Michael cerrando el mapa del señor Warren y guardándolo en un bolsillo.

De pronto se detuvieron, ya que oyeron un ruido: era el canto de un ave. Notaron a sus espaldas un movimiento de hojas y, al girarse, pasó volando ante ellos un ave naranja de un color tan intenso que se quedaron sin habla. Al verla, los muchachos se escondieron, pues no querían asustarla. Sin duda, era el gallito de las rocas de los Andes, también conocido como gallito de las sierras: un hermosísimo pájaro naranja poseedor de una majestuosa cresta que se tornaba marrón. El gallito, sin percibir la presencia de los jóvenes, comenzó a desplegar sus alas y a emitir un sonido muy particular.

Christian y Michael se apresuraron a sacar sus prismáticos para observarlo mejor.

–¿Qué está haciendo? ¿Qué hace? –preguntaba insistentemente Christian a Michael, que revisaba con afán el libro de aves.

–Déjame ver, espera –dijo Michael, molesto por la actitud de su amigo–. Creo que está haciendo la danza para llamar la atención de la hembra.

Los chicos estaban maravillados con el espectáculo. Realmente el gallito de las sierras era un animal digno de la fama que tenía. De pronto notaron un nuevo movimiento de árboles y otra ave apareció: era la hembra, que había oído la llamada del macho.

–Debemos darnos prisa, Christian –dijo Michael tirando de un brazo a su amigo, que estaba embelesado con las aves–. Recuerda que estamos en medio de un bosque en un área que no conocemos y en un par de horas se ocultará el sol.

–Tienes razón –respondió él levantándose y colocándose de nuevo su mochila.

Decidieron caminar en línea recta un kilómetro en dirección al norte para intentar descubrir algo relacionado con el último dibujo de la segunda clave; como no tuvieron suerte, hicieron otro tanto al este y luego al oeste, hasta que Christian detuvo a su amigo:

–La cascada. Regresemos ahí, tengo un presentimiento.

Al llegar allí, empezaron a seguir un riachuelo que se formaba en ese mismo lugar. Un poco más adelante, por efecto de la topografía, el riachuelo se transformaba en un pozo de aguas cristalinas, cuyas orillas se veían a la perfección desde todos los ángulos.

–¿Qué forma tiene? –preguntó Christian con cara de satisfacción.

–Ovalada, maestro –sentenció Michael en tono bromista y haciendo una reverencia ante su amigo.

–¡Entonces este lago debe de ser el último signo! –exclamó Christian.

–Yo también creo lo mismo. La figura del hombre de Muchaca debe de estar allí, así que voy a ver –dijo Michael al mismo tiempo que se quitaba la camisa, los zapatos y los calcetines.

–¿Qué haces? –quiso saber Christian sorprendido.

–Voy a explorar el pozo –contestó Michael y, de un salto, se metió en él–. ¡Ahhhh!, ¡está helada!

–Por supuesto –dijo Christian riéndose–; el agua de la cascada esta helada, pues viene de la Sierra Nevada, ¿qué esperabas?

–De todas maneras, voy a sumergirme un poco a ver si descubro algo.

Michael se sumergía y salía a cada momento a buscar aire; era muy difícil bucear con esa temperatura. Afortunadamente, como el pozo era poco profundo y el agua, cristalina, le resultaba fácil ver el fondo. Tras un rato, Michael no aguantó más el frío y decidió salir del agua; Christian tenía el pictograma en sus manos: lo estaba estudiando nuevamente.

–Así va a ser imposible que localicemos la estatuilla –le explicó Christian al verlo–. Por muy pequeño que sea el pozo, necesitamos saber su ubicación con exactitud.

–Tal vez no nos hemos dado cuenta de algo –sugirió Michael mientras sacaba una toalla de su mochila y se la colocaba sobre los hombros–. Vamos a observar el dibujo más detenidamente con la lupa.

Después de unos instantes, Christian comentó:

–Mira, en el lado derecho del óvalo hay un punto negro. Al principio yo creí que se trataba de una mancha de la tela, pero tal vez sea una marca intencional.

–Si lo dibujaron, es porque debe de ser la localización exacta del hombre de Muchaca; voy a ver –dijo Michael decidido mientras se sumergía nuevamente y se dirigía a la zona marcada por el pictograma. Poco después salió y, tratando de recuperar la respiración, gritó a Christian:

–¡El fondo está cubierto con una gruesa capa de algas; sin embargo, con el reflejo del sol algo brilla debajo de ellas!

–Intentemos cortarlas –dijo Christian mientras se quitaba la ropa rápidamente, cogía los dos cuchillos de excursión y se lanzaba al agua con ellos.

–¡Qué frío! –gritó.

Luego nadó hasta el lugar donde se encontraba Michael y allí le indicó:

–Vamos a sumergirnos a la de tres: ¡uno, dos, tres!

Los dos chicos nadaron hasta el fondo del lago y con energía empezaron a cortar la vegetación en el lugar señalado por Michael, pero ésta parecía multiplicarse y permanentemente tenían que subir a la superficie para respirar.

–Ya va a oscurecer –dijo Christian, frustrado después de más de media hora luchando con las algas.

–Yo no voy a aguantar hasta mañana. Saquemos el tesoro de una vez –protestó Michael con ímpetu.

Los dos volvieron a sumergirse y, tras un gran esfuerzo, Michael pudo sacar el objeto reluciente que había observado. Inmediatamente después salieron a la superficie a tomar aire.

–¿Qué es? –preguntó Christian jadeando.

–No sé, mira –le dijo Michael mientras le mostraba el objeto–. Es de oro, indudablemente, pero no sé de qué se trata.

–Vamos a la orilla, porque nos vamos a congelar –le pidió Christian mientras comenzaba a nadar–. Allí lo analizaremos.

Al llegar a la orilla se vistieron rápidamente, pues el sol se estaba ocultando y el frío resultaba insoportable. Luego se sentaron a estudiar el objeto conseguido: era una tira de oro de forma rectangular de unos cuarenta centímetros de largo.

–¡Ya sé qué es! –exclamó repentinamente Christian–. ¡Es igual a uno de los hilos de oro que servían como refuerzo al cofre de nácar donde estaba guardado el primer hombre de Muchaca!

–¡Tienes razón! –dijo Michael eufórico–. Seguramente la acción del agua a lo largo del tiempo ha hecho que la caja se dañe en el fondo del lago. Eso quiere decir que...

–¡Que el hombre de Muchaca está en el fondo, muy cerca de donde estábamos! –concluyó Christian.

–Pues volvamos allá –dijo Michael mientras empezaba a desvestirse nuevamente.

–Estás loco, Michael. Es casi de noche y hace mucho frío. No, mejor es que durmamos aquí y mañana temprano nos metemos en el pozo nuevamente.

Esa noche casi no pudieron dormir por la agitación que sentían. Sólo pensaban en el día siguiente: ¿encontrarían la estatuilla? ¿Sería igual a la primera? ¿Conseguirían los restos del cofre?

Al amanecer, los dos chicos se metieron de nuevo al agua. Apenas habían comido desde el día anterior, sólo algunos caramelos que cargaban en sus mochilas, pero la emoción hacía que se olvidaran del frío, de las incomodidades y del hambre.

A los pocos minutos comenzaron otra vez a cortar las algas; en menos de una hora habían sacado varios trozos de un cofre de nácar similar al conseguido en el salto Charcanay. Estaban seguros de que el segundo hombre de Muchaca estaba muy cerca; sin embargo, no tuvieron más remedio que descansar, pues el frío les impedía estar en el agua por mucho tiempo. Al cabo de unos minutos, entraron nuevamente, pero por mucho que buscaban no conseguían nada más. Ya estaban desesperanzados cuando, de pronto, una nube que había estado ocultando momentáneamente el sol se apartó y un gran rayo de luz tocó el fondo del pozo, en el lugar exacto donde parte de un objeto dorado sobresalía de entre las algas. Christian y Michael lo vieron a un tiempo, por lo que los dos nadaron velozmente hasta él. Desesperados, con los cuchillos comenzaron a sacar la tierra y las plantas que lo tenían atrapado, pero el mismo efecto del agua hacía que la tierra volviera de nuevo al lugar de donde la habían quitado. Trabajaban frenéticamente; sólo salían a la superficie para respirar cuando se quedaban sin aire. Luego volvían y seguían escarbando con más fuerzas, pero avanzaban muy lentamente.

En un arranque de desesperación, Christian agarró el trozo de la figura que se encontraba al descubierto y comenzó a tirar de él. Michael, igualmente agitado, enterraba profundamente su cuchillo alrededor del objeto, tratando de empujarlo desde dentro. De pronto, éste comenzó a separarse de la tierra... Un poco más, un empujón más... ¡Hasta que por fin salió!

¡Allí estaba el segundo hombre de Muchaca!

10
¿Colón descubrió América?

Los chicos regresaron a la orilla felices con su tesoro y allí lo observaron con detenimiento. Esa figura del hombre de Muchaca era bastante parecida a la anterior y, aunque las facciones de la cara diferían un poco, al igual que los ornamentos esculpidos en oro, también tenía piedras preciosas en su cuerpo, colocadas en la misma posición de brazos, cuello y pies.

–En una ocasión, Tara me comentó que todos sus dioses tenían el mismo valor para los antiguos indios muchacas. Tal vez por eso son básicamente iguales, para que ninguno parezca más importante que otro –dijo Christian.

Pronto se dieron cuenta de que estaban helados, así que, sin detenerse más, se vistieron e iniciaron el camino de regreso. Esa noche, en cuanto llegaron al hotel, pidieron su caja de seguridad y colocaron en ella la nueva figura y los restos del cofre de nácar, junto con el hallazgo anterior.

A la mañana siguiente, Christian sacó el pictograma de su mochila y, extendiéndolo sobre la mesa de la habitación, dijo:

–Ahora, a lo que nos corresponde. Comencemos con la tercera clave.

No había terminado de hablar cuando hizo un gesto de sorpresa:

–¡Mira qué extraño! –dijo–. Los cuatro primeros dibujos de esta clave son personas...

–¿Por qué te extraña? –preguntó Michael mientras observaba también.

–Fíjate bien –contestó Christian mientras señalaba las figuras–. No sólo se repiten; date cuenta también de que los otros símbolos que hemos observado hasta ahora han sido dibujos muy elementales; sin embargo, éstos están muy detallados, debe de ser por alguna razón.

–Sí, es raro que estén tan detallados..., a menos...

–¿Qué?

–A menos que cada persona represente algo en particular... Espera, voy a buscar la lupa; algo me dice que debemos estudiar bien estas figuras.

Después de observarlas con la lupa, Michael sonrió y, con un gesto triunfal, exclamó:

–¡Bingo!

–¿Qué has visto? –preguntó Christian curioso.

–Fíjate bien. A simple vista son similares, pero si miras con atención, te darás cuenta de que sus atuendos son diferentes, al igual que los ornamentos de la cabeza y las armas que llevan encima.

–¡Armas! –gritó Christian emocionado–. Eso quiere decir que los hombres dibujados aquí eran guerreros.

–¿Guerreros de diferentes tribus de Galerón?

–No –contestó Christian–. Había tribus cercanas que de vez en cuando hacían incursiones en territorios de Galerón, pero eran repelidos ferozmente por los muchacas. Sin embargo, estoy seguro de que los guerreros dibujados aquí no son ésos; ya entenderás por qué.

–Explícamelo –le pidió Michael aún más desorientado.

–Observa las facciones de la cara de los cuatro guerreros... ¿Qué ves? –preguntó Christian.

–No estoy muy seguro, pero los rasgos no son iguales... Es como si pertenecieran a razas diferentes. ¿Cada uno representa a una civilización procedente de otro continente?

–¡Exacto! –respondió Christian contundente.

–Pero hay algo que no entiendo –dijo Michael–; antes de la conquista nadie ha tenido contacto con este continente...

–¿Que Colón descubrió América? No amigo, esa teoría ha cambiado. Incluso mi padre me ha contado que en varios viajes que él ha hecho a este continente, visitando los centros arqueológicos más importantes, ha podido observar grabados de personas de otras civilizaciones antiguas, como guerreros romanos, comerciantes fenicios...

–¡Qué interesante! –interrumpió Michael–. Nunca lo hubiera imaginado.

–Hoy en día se sabe que entre estas civilizaciones existían intercambios comerciales y que ya habían cruzado los océanos antes de la llegada de Colón. Incluso se han descubierto alfabetos bastante similares entre culturas antiguas de América y las de otros continentes –continuó Christian.

–Voy a dibujar a estos guerreros con todos sus detalles, pues por algo los pintaron así –comentó Michael totalmente animado.

Cuando terminó, dijo:

–Está bien; continuemos con las siguientes figuras... La próxima es un cuadrado, voy a dibujarla y podremos seguir... Ya está listo; ahora ¿qué aparece?

–Hay dos rectángulos –dijo Christian–, uno encima de otro, con líneas semejantes a la letra *L,* pero invertidas, y todas salen de los lados del rectángulo inferior. Son ocho en total. Cuatro en cada lado.

–Parece una araña –murmuró Michael observando la figura que acababa de dibujar.

–Tienes razón. También hay dos puntos marcados en el lugar donde deberían estar los ojos...; eso querrá decir algo –opinó Christian.

–¿Hay algún otro dibujo?

–No; ése era el último.

–Pues creo que nos toca ir a hablar otra vez con Cecil, a ver si ella sabe algo de guerreros extranjeros en tierra muchaca –dijo Michael mientras guardaba el pictograma.

11
Tierra de sorpresas

—¡Claro que tenían contacto con otras civilizaciones! –les explicó Cecil–. Aunque la zona estaba habitada sólo por muchacas, practicaban el comercio internacional. También hubo alguna que otra guerra con pueblos que intentaron conquistar sus tierras. Muy cerca de aquí hay un yacimiento arqueológico donde se descubrió un centro funerario de pigmeos que habitaron Galerón por un tiempo, antes de que los muchacas los obligaran a marcharse.

—¿Pigmeos?... ¿En América? –preguntaron Michael y Christian, incrédulos.

—Pues sí, lamentablemente se sabe muy poco de esta civilización, ya que no hubo mucho tiempo de estudiar el cementerio –dijo Cecil tristemente.

—¿Por qué? –quiso saber Michael.

Cecil lanzó un suspiro y, tras hacer una mueca de desagrado, comenzó a hablar:

–Bueno, a veces las cosas no funcionan como deberían funcionar. El alcalde de la aldea en la que se descubrió el cementerio lo mandó cubrir con asfalto, porque los trabajos de los arqueólogos levantaban mucho polvo, según él. Ya sabéis, gente sin conciencia... Así que lo que queda es una pequeña área del cementerio que se pudo rescatar de ser sepultada.

–Ése debe de ser el lugar –susurró Michael al oído de Christian. Luego, levantando la voz, preguntó a Cecil–. ¿Nos puedes indicar el modo de llegar hasta allí?

–Claro –dijo ella–. Tomad un autobús que os lleve a la aldea de El Quibón y preguntad allí. No hay equivocación posible.

En efecto, el lugar era de muy fácil acceso y esa misma tarde pudieron visitar lo que quedaba del cementerio pigmeo. Era impresionante: había huesos de hombrecillos perfectamente proporcionados, del tamaño de niños preadolescentes. También pudieron observar restos de herramientas y utensilios: flechas, vasijas en terracota, figuras humanas...

–No puedo creer que alguien fuera tan bruto como para haber mandado a tapar una parte de esta maravilla arqueológica –comentó Christian indignado–; es una pena que se perdiera tanto.

–Fíjate –le interrumpió Michael–. Allí hay unas figuras humanas hechas en arcilla y terracota. Veamos si alguna tiene características similares a las de nuestro dibujo.

Observaron con gran detenimiento todas las figuras humanas hechas en terracota, pero, por más que buscaron, ninguna se parecía a las del pictograma. Definitivamente, la artesanía de los pigmeos no representaba a los pobladores de civilizaciones foráneas.

–Mira, Christian –dijo Michael cuando se marchaban–. Aquí hay un folleto sobre los centros arqueológicos más importantes de Galerón. Tal vez veamos en él algo que resulte interesante.

–Buena idea; vamos a mirar –le respondió él.

Después de revisar unas cuantas páginas, Christian detuvo la mano de Michael y le dijo:

–Espera; mira esta foto. ¿Cómo se llama ese lugar?

–Déjame leer... El nombre es Chicoinaco; era un centro ceremonial de una cultura pre-muchaca llamada...

–¿No te das cuenta? –le interrumpió Christian exasperado– ¡Mira la forma de la plaza central!

–¡Un cuadrado! –exclamó Michael.

–Exacto, igual que el dibujo de la clave. Algo me dice que ese sí es el lugar que buscamos.

Mientras Christian hablaba, Michael revisaba la información que aparecía en el folleto; luego, un poco decepcionado, le dijo a su amigo:

–Pero no sé cómo podemos llegar hasta allí. Aquí dice que Chicoinaco está situado en un lugar algo inaccesible, entre grupos de mesetas desperdigadas por una extensa zona, por lo que prácticamente sólo se llega en avioneta. Otra vez nos encontramos con un viaje que no podemos pagar.

–¿Qué hacemos? –se preguntaron.

Tras unos instantes, los dos chicos se miraron y, como si se transmitieran el pensamiento, exclamaron a la vez:

–¡Cecil!

Esa misma noche regresaron a la capital y al día siguiente, a primera hora, estaban ante la puerta de la agencia de viajes. Cecil llegó al poco rato y, al verlos desde lejos, comenzó a reírse.

–¡Definitivamente, no podéis vivir sin mí! –exclamó–. A ver, ¿qué queréis esta vez?

Christian decidió contarle su plan sin rodeos:

–Queremos conocer Chicoinaco y nos estábamos preguntando...

–Justamente para Chicoinaco tengo un viaje que sale este fin de semana y necesito guías –les interrumpió.

–¡Cecil, no sabemos qué haríamos sin ti! –le dijeron cariñosamente mientras la abrazaban.

–Pues la verdad es que yo tampoco –replicó ella–. ¡Ja! ¡Ja! ¡Ja!

El sábado siguiente los dos chicos se encontraron con los turistas en un aeropuerto privado en las afueras de la ciudad. Christian iría en una avioneta con un grupo de viajeros y Michael, en otra.

Al llegar al aeropuerto, Michael se acercó a un guardia privado y le preguntó:

–¿Dónde debemos facturar para el vuelo a Chicoinaco?

–¿Facturar? –preguntó sorprendido el guardia–. Aquí no hay dónde facturar; basta con que vayáis allí, donde están aquellas avionetas y preguntéis por los hermanos González. Ellos son los pilotos.

Extrañados, todos salieron a la pista. No se veía a nadie. De pronto vieron aparecer a un hombre que caminaba apresurado hacia ellos mientras se abotonaba la camisa. Estaba totalmente despeinado y llevaba puestas las zapatillas de baño.

–Me he quedado dormido –dijo él con tono de disculpa acercándose a Christian–. Afortunadamente, yo vivo allí y nada más despertar, he venido corriendo –continuó mientras señalaba una casita situada al otro lado de la pista.

–Estoy buscando a los hermanos González –le explicó Christian amablemente.

–Sí, mi hermano ya viene –respondió el hombre acomodándose la camisa dentro del pantalón.

–¿Qué? ¿Usted es uno de los pilotos? –preguntó Christian alarmado mientras lo miraba de arriba abajo.

–Sí, mucho gusto –contestó él con una sonrisa y extendiendo su mano en señal de saludo.

Los turistas lo miraron con recelo y temor al ver su indumentaria y al saber que era uno de los pilotos. Sin embargo, al ver al otro hermano González, todos prefirieron irse en la avioneta pilotada por el primero. El hermano mayor tenía un aspecto aún más desaliñado: llevaba una camiseta que le quedaba pequeña y parte de su abultado estómago sobresalía de ella. También venía corriendo de la casa, ajustándose el cinturón mientras su pesada panza se movía de un lado a otro; cuando todavía le faltaban unos cien metros hasta llegar la avioneta, comenzó a gritar:

–¡Ya estoy aquí!

Los chicos se miraron y, con cara de resignación, dijeron a los turistas:

–Súbanse a las avionetas, por favor. Vamos a salir.

Se montaron un poco angustiados. El primer grupo viajaba con Christian en una avioneta con capacidad para seis pasajeros, incluido el piloto. Al cerrar la puerta derecha, se dieron cuenta de que no se cerraba herméticamente.

–Esta puerta no se cierra del todo –se quejó un turista espantado.

Gilberto González, el piloto, lo miró y restándole importancia al asunto, le dijo:

–No se preocupe, ya la sujeto yo con un alambre; así no se abrirá.

–¡Usted está loco! –exclamó molesto el turista–. ¡Yo me voy de aquí!

–Tranquilo, no pasa nada. Vamos con las ventanas abiertas, así que una puerta más o una puerta menos no tiene importancia. No se preocupe –repitió Gilberto.

Los turistas estaban aterrados, aunque finalmente aceptaron que la puerta se sujetara con un alambre. Dejando a un lado esa anécdota inicial, el vuelo fue tranquilo, y Christian fue quien lo pasó mejor: el piloto le permitió tomar el mando auxiliar y pilotar pequeños tramos.

–Allí se estrelló un avión hace un mes –le contaba Gilberto tranquilamente señalando las mesetas– y no hubo supervivientes. Y más allá se estrelló una avioneta como ésta; todos sus ocupantes quedaron calcinados; y si miras a tu izquierda...

El viaje de Michael no fue tan tranquilo. Aunque las puertas de su avioneta sí cerraban bien, debieron esperar un poco para salir, ya que había un avión que debía hacer un aterrizaje de emergencia y, con la espera, comenzó a llover. Al despegar, la lluvia caía con intensidad y tras media hora de viaje no se veía nada, pues el cielo estaba totalmente gris. La avioneta se movía hacia arriba y hacia abajo bruscamente por las fuertes corrientes de aire; los turistas, mudos por el miedo, empezaron a vomitar. Michael, que tenía un GPS, un aparato de señalización de rutas, dijo extrañado a Jorge González, el piloto:

–Estamos volando hacia el sur y se supone que debemos ir al este. ¿Qué sucede?

–Hemos cambiado de ruta porque tenemos que esquivar los tuyuyos –replicó él.

–¿Tuyuyos? ¿Qué es eso? –preguntó Michael.

Jorge se acomodó en su silla, que le quedaba pequeña, y luego le explicó:

–Tuyuyos, chichones, bultos..., esas montañas que salen de la nada, aisladas unas de otras y que están por todos lados. Me estoy abriendo paso hacia el sur para estar seguro de no chocar con alguna de ellas.

–Pero esas montañas deberían aparecer en el radar –objetó Michael preocupado.

–¿El radar? –dijo Jorge mientras sonreía–. Este radar no funciona desde hace mucho tiempo..., pero no te asustes –continuó al ver la cara pálida de Michael–, yo me conozco esta área como la palma de mi mano y, si quisiera, podría pilotar con los ojos cerrados. Me estoy desviando un poco al sur sólo por precaución; por cierto, allá abajo, aunque no puedas ver porque está todo gris, se estrelló un avión hace dos semanas...

Después de un viaje interminable, al fin aterrizaron en un aeropuerto minúsculo consistente en una pista en muy mal estado y una caseta de control. Allí tomaron un autobús que los llevó por una empinada cuesta hasta la entrada de las ruinas de Chicoinaco. Según les contaron los pilotos, esa ciudad ceremonial fue construida por la civilización de los motatos, que vivieron y desaparecieron de Galerón antes de la llegada de los muchacas sin que nadie supiera por qué.

12
Chicoinaco

Chicoinaco era un centro arqueológico de tamaño mediano con una gran riqueza histórica. Dentro de él destacaban algunas viviendas, los restos de un acueducto, una plaza, varias tumbas de personas que probablemente fueran personajes de cierta importancia y una pequeña pirámide.

Nada más entrar, los chicos reconocieron la plaza central de forma cuadrada que aparecía en la foto del folleto. Estaba localizada a un nivel más bajo de la altura natural de la tierra y para acceder a ella había que descender por unos peldaños. Antes de hacerlo, pudieron notar que el muro de la plaza estaba rodeado por una ancha acera en la que estaban desperdigadas varias esculturas de figuras humanas de líneas geométricas y diferentes tamaños, todas con los brazos levantados. Bajaron por las gradas que, al igual que el resto de la ciudadela, estaban construidas de piedra.

Christian llegó primero e inmediatamente hizo señas a Michael para que se acercara. Cuando estaba a pocos metros de él, le agarró del brazo para que se apresurara, mientras hablaba nerviosamente:

–Michael, tienes que ver esto...

–¿Qué sucede?

–Mira esta cara... ¿A qué te recuerda?

Michael, después de observar un momento, sonrió y dijo:

–¡Es muy similar a una de las figuras de los guerreros del pictograma! ¡Veamos las otras caras! ¡Date prisa! –agregó dirigiéndose a la pared este.

Se acercaron a las otras tres paredes que formaban el cuadrado de la plaza central y en cada una de ellas pudieron observar figuras con facciones, atuendos y armas diferentes. Estaba claro que pertenecían a distintas civilizaciones, al igual que los dibujos que aparecían en la clave.

Michael, pleno de satisfacción, comentó a su amigo:

–Sin duda alguna, éste es el lugar que aparece en el pictograma. Aquí escondieron al tercer hombre de Muchaca; ahora debemos descubrir el lugar exacto.

–Pues la ultima figura de la clave es la araña –dijo Christian–. Debe de haber alguna figura dentro de Chicoinaco con una araña pintada o tallada; vamos a buscarla.

Pero, para desesperación de los chicos, no consiguieron ver en todo el perímetro del yacimiento arqueológico ninguna representación pintada o tallada de un animal. Tampoco encontraron nada en las afueras de las ruinas, pues, además de algunos caminos de tierra, lo único que se veía era una zona seca, casi desértica, con formaciones montañosas irregulares y dispersas. Después de regresar de esa breve caminata, Christian comentó a su amigo:

–Es mejor que nos vayamos al hotel; los turistas siguen mareados por el viaje en avioneta y el sol calienta mucho.

Se marcharon con sensaciones de cansancio por el viaje y satisfacción por lo que habían descubierto, pero también con mucha ansiedad, al no haber descubierto la relación entre Chicoinaco y la última figura de la clave. Al recoger la llave de la habitación, el recepcionista del hotel les dijo:

–Esta noche, alrededor de las nueve, pueden acercarse a la terraza del hotel; allí estará el señor Haik, que es el arqueólogo jefe que estudia Chicoinaco. Como él vive con nosotros, por las noches acostumbra a conversar y a contestar a las preguntas de las personas que deseen mayor información sobre el lugar.

–¡Qué interesante! –comentaron los chicos entre ellos–. Tal vez él nos pueda ayudar a desvelar el misterio que nos falta por resolver.

Esa noche Christian y Michael salieron a la terraza. En ella ya estaba el señor Haik contestando a diferentes preguntas de los asistentes. Los dos amigos, calladamente, se situaron en una esquina, tratando de no perder detalle de lo que decía. De todo lo que escucharon del señor Haik, hubo una parte que los dejó helados:

–He leído –comentó un turista– que muchas culturas antiguas creaban edificaciones que eran en sí mismas unos grandes calendarios, como se cree que sucedió con la pirámide de Chichén Itzá, en México, o con Stonehenge, en Inglaterra. ¿Es también el caso de los indios motatos cuando crearon Chicoinaco?

–Eso es algo que todavía estamos averiguando –respondió el señor Haik–. Lamentablemente, los saqueos constantes que sufrió Chicoinaco durante siglos han entorpecido bastante su estudio. Sin embargo, sabemos algunas cosas interesantes. Por ejemplo, que la plaza central se creó con el objeto de celebrar en ella rituales de carácter religioso; probablemente los motatos pedían ayuda a sus dioses para ganar las guerras que libraban contra sus invasores. Por eso se cree que tallaron las figuras de los guerreros extranjeros en sus paredes; ésa era una manera de atrapar sus almas para que no pudieran luchar y perdieran las batallas.

–¿Eso significa que no existían mensajes ocultos en la construcción de este centro religioso que estuvieran relacionados con la astronomía? –preguntó otro asistente.

–No completamente, aunque sí hemos encontrado algunas conexiones –respondió el arqueólogo–. Tomemos como ejemplo las figuras humanas talladas en roca que se encuentran alrededor de la plaza central. Si han tenido tiempo de fijarse en ellas con detalle, tal vez les habrá llamado la atención las diferentes formas, tamaños y colocación de cada una de ellas, lo cual da un aspecto casi desordenado a toda esa área. De acuerdo con la mitología de los motatos, el ocaso era la hora de salida de los malos espíritus, representados por diferentes animales. Pues bien, hemos descubierto que en ciertos meses del año, en el momento justo en que se está poniendo el sol, la mezcla de varias de las sombras proyectadas en el suelo de estas figuras humanas se unen para crear formas nuevas. ¿Adivinan de qué?... De los animales que mencioné antes. Casualmente, ésta es la época del año ideal para verlo.

–Christian –susurró Michael a su amigo conteniéndose, pues lo que deseaba era gritar–, ya comprendo el último símbolo: la figura de la araña no está tallada ni esculpida en ningún lugar: debe de ser que la forman las sombras de las que habla el señor Haik.

A Christian se le iluminó la cara cuando escuchó la teoría de su amigo. ¡Michael tenía razón!

Tratando de no hacer mucho ruido, los dos muchachos se levantaron de sus asientos y se despidieron del amable señor Haik que, sin quererlo, les había dado la clave para solucionar el misterio. Al llegar a la habitación, comenzaron a planear los próximos pasos que iban a dar:

–Debemos estar en Chicoinaco mañana, a la puesta del sol, para tratar de descubrir si realmente hay una sombra con forma de araña –dijo Christian.

–¿Cómo vamos a hacerlo? Acuérdate de que Chicoinaco cierra antes de que oscurezca.

–Es verdad, pero hoy me he enterado de que por las noches se abre al público para hacer un espectáculo de luz y sonido en plena plaza central. Podemos llegar un poco antes de que comience el espectáculo y revisar el área.

Al día siguiente salieron de excursión a un museo cercano en el que se exhibían diferentes objetos de la vida cotidiana de los motatos, junto con dos momias de niños halladas en las cercanías. Todos estaban asombrados con los objetos exhibidos, aunque no por eso los chicos dejaron de estar pendientes de la hora de volver a las ruinas de Chicoinaco.

Al final de la tarde salieron rumbo a las ruinas; a esa hora todavía no estaba permitida la entrada, pero con un poco de astucia y algún que otro billete, Michael y Christian convencieron al guardia para que les permitiera pasar antes de tiempo. Pronto comenzó a bajar el sol y las sombras empezaron a crear formas de animales en la acera que rodeaba a la plaza. Allí pudieron ver un águila con las alas extendidas, una serpiente con su boca amenazadoramente abierta, un animal que semejaba un mono, un jaguar..., ¡y una araña!

Michael lanzó un grito de alegría al ver la figura, pero Christian se quedó callado y, con cara de extrañeza, miró una y otra vez la sombra proyectada. Luego dijo:

–Las proporciones no son iguales a las de la pictografía; algo no cuadra.

–Es una araña, Christian, en la plaza central de forma cuadrada. Todo coincide –le dijo Michael impaciente–. Así que no creo que lo de las proporciones sea tan importante. Incluso fíjate en que, por la manera en que están talladas las estatuas, quedan espacios por los que se filtra la luz, formando unos puntos similares a los de los ojos de la araña del pictograma.

–Es verdad, no puedo ser tan escéptico. Allí debe de estar el tesoro –dijo Christian, finalmente convencido por su amigo–. Tiene que ser en el preciso lugar donde se proyectan los ojos; de otro modo, no lo hubieran marcado con tanta precisión.

–Vamos a investigar –comentó Michael mientras sacaba su cuchillo de la mochila.

Pero en ese momento oyeron voces de personas que se acercaban. ¡No lo podían creer, acababan de abrir las puertas y los visitantes que acudían a ver el espectáculo estaban llegando!

–Tendremos que esperar a que todo termine –le dijo Michael a Christian–. Marca el lugar exacto donde se reflejan los ojos.

Christian tomó una piedra e hizo con ella una pequeña marca sobre el punto de la roca en la que se reflejaban los ojos de la araña. Luego se sentaron en las gradas, cerca de ese lugar, dispuestos a disfrutar de la representación que verían a continuación.

13
Viaje al pasado con los motatos

En menos de quince minutos el cielo estaba totalmente oscuro, tiempo suficiente para que los espectadores se acomodaran en las gradas. Minutos después, unas luces de colores incandescentes se encendieron y comenzaron a moverse por diferentes lugares de la plaza central, en la que se encontraban actores trajeados y adornados como los antiguos indios motatos. En la primera parte del espectáculo, los actores representaron escenas de la vida cotidiana pertenecientes a esta extinta civilización, como la convivencia en familia y en sociedad, su arte a través de la elaboración de cestería y cerámica, la cacería y las competencias deportivas. Un fondo musical acompañaba a esta interpretación, ayudando a transportar a los espectadores a un viaje imaginario por el pasado.

La segunda parte del acto comenzó con una ceremonia religiosa en la que se realizaba un sacrificio humano, con el objeto de ofrecer vida a los dioses a cambio de la victoria en una guerra que estaba por comenzar. Christian sintió un escalofrío que le recorrió el cuerpo al ver esa escena del sacrificio que parecía tan real; al igual que el resto de los visitantes, estaba tan absorto con lo que observaba, que no se dio cuenta de que poco a poco eran rodeados por guerreros que los acechaban desde cerca. Un grito espeluznante hizo que volvieran la cara para ver a los feroces invasores, quienes, arma en mano, entraron en la plaza central, atacando a los motatos. Después de una lucha cuerpo a cuerpo que tuvo en vilo a los observadores, finalmente los indios motatos resultaron vencedores y seguidamente celebraron este hecho con una corta ceremonia en la que ofrendaron la vida de los guerreros enemigos a sus dioses. Las luces se apagaron y todo quedó en la penumbra.

En un primer momento, el público permaneció callado. Luego comenzaron a escucharse entusiasmados aplausos y sólo en ese momento se iluminó la plaza nuevamente para que los actores pudieran saludar. La gente aplaudió a rabiar y posteriormente se marcharon. Christian y Michael se quedaron rezagados a la cola de las personas que salían y, en un momento, cuando nadie los veía, se agazaparon detrás de unas estatuas, esperando a que no quedara nadie más.

–Debemos apresurarnos–dijo Christian mientras salía de su escondite–. El guardia ha ido a cerrar la cerca que protege las ruinas y a hacer una ronda, pero pronto volverá.

Rápidamente se acercaron hasta el lugar marcado por Christian y comenzaron a tantear a su alrededor. La roca donde se habían reflejado los ojos de la araña era firme y prácticamente estaba unida con las otras.

–No se puede mover, Christian. Creo que esta piedra no ha cambiado de lugar desde que construyeron Chicoinaco –dijo Michael frustrado.

–Espera –comentó Christian repentinamente–. Estamos en el mes de agosto y los conquistadores llegaron a Galerón en octubre de 1493; es decir, ésa es la fecha en la que los hombres de Muchaca fueron escondidos...

–¿Quieres decir que el sol incidía sobre las estatuas desde otro ángulo? –preguntó Michael sorprendido.

Luego agregó:

–¡Claro! Por eso las proporciones de la araña no eran exactas. Hacia el mes de octubre la sombra que se forma debe de ser más alargada.

–Exactamente y, si mis matemáticas no fallan, debemos movernos a la derecha... –continuó Christian a la vez que daba unos pasos y, señalando una pequeña roca irregular que se encontraba en la base de una escalinata, dijo:

–Aquí.

Con la ayuda de sus cuchillos comenzaron a tratar de mover la piedra, la cual, después de mucho esfuerzo, empezó a ceder.

–¡Se está moviendo! –exclamó Michael–. ¡Tira con más fuerza!

–¿Quién está ahí? –preguntó una voz a lo lejos.

–Debemos darnos prisa; viene el guardia –susurró Christian casi sin aliento por el esfuerzo que estaba realizando.

Finalmente, empujaron una vez más y la roca cedió. En su lugar quedó un espacio hueco cuyo final no se veía.

–Voy a meter la mano, a ver qué consigo –dijo Christian decidido.

–Cuidado con las serpientes, los escorpiones y las arañas –bromeó Michael.

Ante el comentario de su amigo, Christian dudó un poco, pero de pronto se oyó un nuevo grito, esta vez, más cerca:

–¿Quién anda ahí?

Ante la inminente cercanía del guardia, Christian dejó a un lado sus temores y metió la mano en la cavidad. Pocos segundos más tarde, su nerviosismo se transformó en regocijo.

–He tocado algo –dijo–. Debo sacarlo con mucho cuidado; está un poco atascado... ¡Ya lo tengo!

Poco a poco fue sacando la mano y ambos pudieron ver lo que sujetaba: una caja de nácar, bastante estropeada, pero exactamente igual a las que habían encontrado antes.

Christian guardó el cofre en su mochila, envuelto en una sudadera. Mientras tanto, Michael colocaba la roca en su lugar.

–Vámonos ya, Christian –dijo Michael nervioso–. El guardia está muy cerca.

–No te preocupes –Christian intentó tranquilizar a su amigo–. Si nos descubre, tomará esta incursión como una travesura de dos adolescentes.

–¿Una travesura? –exclamó Michael–. ¡Estás loco! ¿Olvidas que tenemos una reliquia en la mochila? ¿Acaso no sabes que en este país el castigo por robar tesoros arqueológicos es de cinco años de cárcel?

Christian, que no conocía este detalle, palideció de pronto y, levantándose apresuradamente del suelo, gritó a su amigo:

—¡¡¡Correeee!!!

Los dos chicos salieron pitando y no se detuvieron cuando oyeron a sus espaldas los gritos del guardia, que ya los había visto. Sin pensarlo, saltaron la cerca exterior y continuaron su carrera; sólo se detuvieron cuando estuvieron bastante lejos de las ruinas.

Tras un breve descanso, pidieron ayuda a un viajero que pasaba con su coche, quien amablemente los acercó hasta el hotel.

En la seguridad de la habitación abrieron la caja de nácar y nuevamente encontraron a uno de los cinco hombres de Muchaca. Esta figura tenía una mirada severa, casi molesta, los brazos cruzados a la altura del pecho y una pequeña lanza en la mano derecha.

—Debe de representar al dios de los astros, que, según la mitología muchaca, simboliza la guerra —concluyó Christian convencido.

—Yo creo que debemos comprar una maleta pequeña y colocar a nuestro dios guerrero junto con las otras dos estatuillas, ya que en la caja fuerte no cabrán las tres. Luego la dejamos en el depósito del hotel el tiempo que deseemos; estará igual de segura que en la caja fuerte —dijo Michael mientras, satisfecho, guardaba la estatuilla y se acomodaba para dormir.

A la mañana siguiente, el grupo regresaba. Los chicos decidieron tomarse dos días de descanso en el hotel, relajados a la orilla del mar y paseando por los alrededores. A la noche del segundo día se sentaron a estudiar la cuarta clave; ya llevaban más de un mes en Galerón, y el tiempo y dinero se les estaba acabando.

14
Un viaje accidentado

Christian comenzó a observar con detenimiento la cuarta clave y luego dijo:

–El primer símbolo es extraño: parece un arco con puntos debajo.

–¿Arena? –sugirió Michael.

–¡Claro! Debe de ser arena –asintió Christian.

– Pero, ¿te imaginas por qué tiene encima esa línea de forma convexa?

–Tal vez sea una isla.

–Parece lógico. Entonces, el primer símbolo es una isla... ¿Y ahora qué más hay? –preguntó Michael.

–El dibujo siguiente es parecido al árbol de la segunda clave, excepto por el hecho de que en este dibujo el extremo inferior se divide en varias partes –explicó Christian.

–Me imagino que esas líneas deben representar las raíces del árbol.

–¿Por qué detallarían justamente las raíces? Lo único que se me ocurre es que lo hayan hecho para indicar qué tipo de árbol es –dijo Christian–. ¿Recuerdas el ficus? ¿El árbol que me protegió del mordisco del caimán? Pues si me protegió, fue justamente porque una parte de sus raíces es superficial... Tal vez ése sea el árbol que buscamos.

–No creo –comentó Michael–. Dudo que el ficus sea un árbol que crezca en zonas arenosas...

–Pues debe de ser un árbol con raíces aéreas... Bueno, sigamos. ¿Cuál es la tercera figura?

–Se trata de dos líneas horizontales paralelas, aunque no totalmente rectas; más bien son un poco irregulares –respondió Michael.

–Ese dibujo sí que es extraño. No se me ocurre qué puede ser, así que continuemos.

–La última figura parece un animal..., un mono, mírale la cola larga.

–En este país es fácil ver monos en tierra firme, pero nunca he oído que existan monos en las islas de Galerón –opinó Christian con incredulidad.

–Bueno, lo averiguaremos sobre la marcha; por lo pronto, ya que hemos identificado todos los símbolos, debemos ver por dónde empezamos... –dijo Michael. Luego, sonriendo, agregó–. Creo que es hora de visitar a Cecil.

Y así lo hicieron. Al día siguiente, a primera hora de la mañana, los chicos cruzaron la puerta de la agencia de viajes.

–¡Nuevamente por aquí! –exclamó Cecil, soltando una de sus sonoras carcajadas–. ¿Y ahora qué queréis conocer?

–Quisiéramos visitar alguna isla de Galerón; sólo conocemos la playa del hotel La cigüeña...

–Pues habéis caído del cielo –comentó ella–. Casualmente, me acaba de llamar mi mejor guía de turismo. Está
enfermo y no puede llevar a un grupo importante con el
que tengo preparado un viaje. En otras palabras..., ¡estáis
contratados! Se trata de un conocido presentador de televisión extranjero, que viene con su familia y su comitiva.
Desea visitar un cayo del archipiélago de Los Cañones. No
hay aeropuerto, así que viajaréis en un hidroavión y acua-
tizaréis frente a la isla... Por cierto, debéis prepararos inmediatamente, porque el viaje es mañana.

–Pues estaremos en el aeropuerto a primera hora –res-
pondieron los chicos muy bien dispuestos.

–Perfecto. Por cierto: ¿qué pasa con mis besos, mis
abrazos y mi «Cecil, eres estupenda»?

Los chicos la abrazaron mientras le decían:

–¡Gracias, Cecil, eres estupenda!

–Ya lo sé, ya lo sé –contestó ella–, pero me gusta oírlo
a veces.

Al día siguiente conocieron al famoso presentador de
televisión; un sencillo señor con una familia encantadora
que estaba deseando conocer Galerón.

–Son muy agradables –dijo Michael–, pero me preocu-
pa el piloto. ¿Has visto la cara de loco que tiene?

Christian, bajando la voz para que nadie le oyera, comentó a su amigo:

–La sobrecargo me ha dicho que el piloto es el dueño
del avión y que, aunque no es muy hábil en su manejo, no

permite que nadie más lo pilote, ni siquiera el copiloto, que tiene más experiencia, pues él era el comandante del avión anteriormente, cuando se usaba para apagar los incendios forestales. Y como el soberbio dueño quiere lucirse ante su famoso pasajero...

–Esto me recuerda la chalana y los rápidos –susurró Michael con gesto de resignación.

–O a los hermanos González –agregó Christian–, pero bueno, será mejor que no nos preocupemos por adelantado. Vamos a disfrutar de este viaje y a tratar de descifrar la cuarta clave.

Al ver el hidroavión, los chicos se quedaron paralizados. ¡No lo podían creer!

–¡Pero si es un Catalina! –exclamó Michael con una gran sonrisa.

–¡No puedo creer que vayamos a subir a un avión de la Segunda Guerra Mundial!

–Mira, aquí están las burbujas donde se colocaba la persona encargada de disparar al enemigo. ¡Qué guay! ¡Y pensar que sólo quedan unos treinta aviones de éstos en el mundo y que vamos a tener la oportunidad de viajar en uno de ellos! ¡Qué suerte tenemos! –agregó Michael.

Con un poco de retraso partieron. Hicieron un viaje corto y tranquilo, marcado por la belleza del paisaje que podían contemplar desde sus ventanas. El avión volaba bastante bajo y era fácil ver los diferentes cayos del archipiélago y las tonalidades verdes y azules del mar. Tras cuarenta minutos sin sobresaltos, acuatizaron frente a una hermosa isla de aguas cristalinas y calmadas.

–¡Qué maravilla! –comentaban los viajeros–. Partimos de un aeropuerto y acuatizamos en pleno mar.

Una vez que el avión paró totalmente, el sobrecargo abrió la puerta y los turistas vieron dos botes que se acercaban; acudían a buscarlos para llevarlos hasta la orilla. Después de un agradable cóctel de recibimiento, los viajeros dejaron sus pertenencias en el campamento y dedicaron el resto del día a holgazanear frente al mar.

–Bien, vamos a aprovechar mientras todos se bañan para examinar la isla; tal vez se nos ocurra alguna idea sobre el resto de los símbolos de la cuarta clave –sugirió Christian.

Recorrieron de punta a punta el islote, pero no consiguieron nada que les pudiera dar una pista. Al caer la tarde, debieron atender al famoso presentador de televisión y ya no pudieron seguir su búsqueda. Esa noche decidieron pensar en el maravilloso parque natural que estaban visitando para no acostarse entristecidos por su fracaso con la clave.

15
El árbol de mil raíces

A la mañana siguiente, después del desayuno, se embarcaron, pues era la hora de regresar. Al dirigirse a su asiento, Christian notó que había tres personas desconocidas.

–¿Quiénes son ellos? –preguntó extrañado.

–Es Perico, el hijo del piloto, con unos amigos –contestó el sobrecargo con cara de molestia.

–Creía que se trataba de un vuelo privado –dijo Michael, que se había acercado a su amigo.

–Lo era, pero el piloto hace lo que su hijo le pide..., mejor dicho, lo que le ordena –respondió con ironía el sobrecargo.

Momentos más tarde, el avión encendió sus motores e inició la marcha, aún en el mar, con objeto de tomar impulso y despegar. Pronto todos se dieron cuenta de que el avión no se elevaba, así que Michael se soltó el cinturón y se acercó al sobrecargo:

–¿Qué pasa? –preguntó.

–Estamos tratando de despegar, pero, por lo visto, el avión, tiene mucho peso y no puede partir. Si a eso le sumas las olas un poco altas que hay hoy y la poca pericia del piloto, que no quiere la ayuda del copiloto..., el resultado es que damos vueltas y vueltas en el agua sin poder partir.

–¿El avión no se eleva porque hay tres personas de más? Eso es imposible, este avión no es tan pequeño... –comenzó a decir Michael.

–Sí, pero el problema no son las personas –le interrumpió el sobrecargo.

–Entonces, ¿cuál es el problema?

El joven se acercó al oído de Michael y le susurró:

–El contrabando.

–¿Contrabando?

–Sí –dijo él–. Perico, el hijo del piloto, siempre lleva langostas de contrabando; las captura aquí y luego las vende en tierra firme.

–Pero este archipiélago pertenece a Galerón. ¿Cómo puede ser contrabando? –preguntó Michael.

–Porque éste es un parque nacional y la explotación de su fauna esta totalmente controlada; sólo se permite para el consumo dentro del mismo archipiélago.

–¿Y qué dice el piloto? ¿Acaso él permite que se use su avión para transportar contrabando?

El sobrecargo lanzó un suspiro y, bajando aún más el tono de su voz, continuó:

–Él acepta todo lo que su hijo dispone. Esto del contrabando no es nuevo, siempre lo hace.

Michael no se percató del jaleo que se estaba formado a su alrededor. El piloto acababa de avisar de que había que descargar peso para poder salir, y la comitiva que acompañaba al presentador internacional estaba furiosa.

–¡Tenemos una entrevista televisada esta tarde y todavía estamos aquí! –gritaba histérica la productora de la televisión local a Christian, mientras éste sólo alcanzaba a balbucear excusas.

Avisaron por radio a los lancheros para que se acercaran al avión; luego, el piloto pidió a su hijo y sus amigos que se bajaran con las tres neveras donde tenían las langostas. Perico, malencarado y maldiciendo a su padre, lo obedeció, y Michael y Christian también bajaron para que el peso fuera aún menor. Desde la orilla pudieron observar al Catalina en el agua, sin moverse. Minutos más tarde, vieron que los lancheros regresaban nuevamente al avión; los chicos, extrañados con todo esto, se acercaron al gerente del campamento, que contemplaba la escena, y le preguntaron:

–¿Qué sucede ahora?

–La primera vez que el avión trató de despegar, los motores se mojaron con la estela de agua que levantó; ahora, no se pone en marcha. Así que el copiloto nos ha llamado para que busquemos a los viajeros y los llevemos en lancha hasta una isla cercana en la que sí hay aeropuerto. Desde allí, ellos tomarán otro vuelo para regresar a tierra firme –contestó el gerente, entre divertido y apenado.

–Me imagino los gritos que estará lanzando la histérica productora –comentó Christian aliviado.

–Sí, ¡de buena nos hemos librado! –agregó Michael con una sonrisita maliciosa–. Por cierto, y ahora, ¿cómo nos vamos de aquí? Estamos varados...

–Debéis ir en lancha hasta la isla de enfrente, como los otros viajeros, y desde allí tomáis el avión –les indicó el gerente–. En cuanto regrese uno de los lancheros, le diré que os lleve.

A mediodía atracaron en el embarcadero de la otra isla; estaban hambrientos, por lo que, antes de dirigirse al aeropuerto, decidieron parar a comer. Entraron en un restaurante que ofrecía una envidiable vista hacia una pequeña laguna de manglares. Nada más llegar, Michael llamó la atención a su amigo:

–¡Christian, mira los mangles!... ¿A qué te recuerdan?

Christian se quedó mirando y exclamó:

–¡Claro! ¡El árbol de la clave! ¡Con raíces aéreas! ¿Cómo no se nos ha ocurrido antes? –y, dirigiéndose a la camarera, le preguntó:

–¿Son comunes los mangles en esta isla?

–No exactamente; aquí hay muy pocos. Donde hay reservas muy extensas de manglares es en la isla Coporito, que queda como a tres horas de aquí en lancha.

–¿En lancha? –exclamó Michael sorprendido–. ¿Se va en lancha por el mar abierto?

–Sí, claro –contestó la camarera–. El viaje se hace cuando el mar no está muy alborotado; para nosotros es común salir a faenar por esa zona, que es muy rica en peces.

–¿Y tú conoces a alguien que nos pueda llevar a Coporito? –preguntó Christian.

–Mi hermano Juancho; él es pescador. Ahora os digo cómo podéis encontrarlo.

Los dos muchachos acabaron su comida y se fueron hasta una playa cercana donde se encontraba Juancho. Al contarle sus intenciones, el joven pescador les dijo que deberían iniciar el viaje inmediatamente; en otro caso, no sería posible salir hasta el día siguiente. Los chicos asintieron y se montaron en el bote. Juancho avisó a Pancho, otro pescador que también los acompañaría en la travesía y, así, los cuatro salieron rumbo a Coporito.

Con lo que no contaban los chicos era con que la primera dificultad la iban a encontrar al intentar sortear las primeras olas, las que rompen contra la playa: eran tan altas que el bote se quedaba prácticamente en posición vertical y, para que no se volteara, debían girar hacia la orilla e intentarlo nuevamente. Las tres primeras veces no tuvieron éxito; al cuarto intento, el bote se levantó tanto que Michael y Christian perdieron el equilibrio y cayeron al agua.

–¡Cógelos! ¡Cógelos! –gritaba Juancho a Pancho mientras trataban de alcanzarlos.

Cuando pudieron regresar al bote, Juancho habló un momento con su compañero y, dirigiéndose a Christian, le dijo:

–Creo que deberíamos esperar hasta mañana...

–No; intentémoslo otra vez – pidió Christian.

Juancho dudó, pero luego tomó de nuevo el mango del motor, lo viró y con energía exclamó:

–Como se dice por aquí, a la última es la vencida. ¡Allá vamos!

El bote salió a toda velocidad y pudo remontar la cresta de la ola. Los cuatro jóvenes respiraron aliviados. Al cabo de una hora, Pancho les llamó la atención:

–¡Mirad, tenemos compañía! –dijo señalando a un grupo de delfines que juguetonamente iban nadando junto a la lancha.

Pero Christian y Michael no veían. Estaban atontados por el fuerte sol y se encontraban muy mareados. Definitivamente, no había sido buena idea comer antes de montar en la lancha; creían que iban a vomitar.

–Echaos agua en la cara; os sentiréis mejor –sugirió Juancho y, con una sonrisa de burla, agregó–. ¡Y yo, que creía que erais más valientes!

Finalmente y tras un agitado viaje, la suerte se compadeció de ellos y llegaron a la isla Coporito. Allí, todavía con náuseas, contrataron una excursión para visitar la reserva de manglares.

16
Vlado, *el ruso*

El hombre que los guió durante la excursión era un ruso llamado Vlado. Su tamaño era imponente, tenía una espesa barba y ojos muy negros. Había llegado años atrás a Galerón y, enamorado del lugar, decidió quedarse a vivir allí y abrir una agencia de turismo que ofrecía todo tipo de excursiones en la isla de Coporito.

Salieron desde el mismo embarcadero por donde habían llegado. Después de quince minutos de recorrido, comenzaron a ver los cientos, o más bien miles de mangles que se alineaban unos junto a otros formando decenas de canales de aguas tranquilas por los cuales se transitaba plácidamente. El agua cristalina permitía ver el fondo, lleno de estrellas y pepinos de mar, erizos y otros curiosos animales. Christian y Michael estaban extasiados observando el paisaje, que habrían podido calificar de perfecto, a no ser por la ansiedad que les causaba no ver nada que estuviera asociado con las líneas paralelas del pictograma, ni mucho menos, con un mono.

Se sobresaltaron cuando, de repente, Vlado, con su recia voz, les hizo una pregunta:

–¿Queréis ostras?

–¡Claro! –contestaron los dos chicos.

El ruso, sin más, saltó al agua con su cuchillo y un cubo, y se acercó a un mangle. Poco a poco fue desprendiendo las ostras adheridas a sus raíces y regresó al bote. Allí las abrió y las roció con un chorrito de limón que llevaba consigo. Luego se las dio a los muchachos, mientras les decía:

–Tened, el manjar de los dioses.

Los chicos comenzaron a comer gustosos las ostras mientras el ruso les ofrecía un vaso de agua fresca y se sentaba un rato a conversar con ellos, en la paz de los canales de mangle:

–¿Se pueden ver monos por aquí? –preguntó Michael.

–¿Monos? ¿En Coporito?... No, al menos, no que yo sepa –contestó el ruso.

–¿Y qué otra excursión se puede hacer en la isla? –preguntó Christian.

Vlado, pensativo, comenzó a enumerar las alternativas:

–Hay una montaña con zonas interesantes para escalar; hay muchas playas con aguas tan azules y tan cristalinas que se puede ver el fondo, incluso en zonas profundas; hacemos paseos en botes a islas cercanas; podemos bucear...

–¿Bucear? –interrumpió Michael–. ¡Qué guay! ¿Hay arrecifes de coral por aquí?

–Sí, uno pequeño del otro lado de la isla, pero lo mejor son los conjuntos de galerías acuáticas.

–¿De qué se trata? –preguntó Christian, mientras el corazón, que palpitaba rápidamente, le enviaba una de sus acostumbradas señales de que estaba a punto de descubrir algo importante.

–Son unas cavernas que comienzan en un mismo punto en el medio de la isla y luego se dividen y extienden varios kilómetros –explicó el ruso–. Algunas de estas cuevas no tienen más que dos o tres kilómetros; sin embargo, hay otras mucho más largas que se conectan entre sí en diferentes puntos o se ramifican. Las que os estoy comentando terminan en el mar.

–¿En el mar? ¿Eso significa que se puede bucear dentro de esas galerías? –preguntó Michael.

–Sí; es un viaje espeluznante, porque de repente uno se encuentra buceando en una especie de túnel acuático que con frecuencia se vuelve completamente oscuro. Es toda una aventura hacer ese paseo y es el favorito de los buceadores que vienen a Coporito. Por cierto, una de las galerías termina aquí, en los manglares.

Los chicos se quedaron boquiabiertos con ese último comentario. Entonces, el ruso se levantó de su asiento y, poniendo en marcha de nuevo el bote, los miró y les dijo:

–Lamento poner fin a esta conversación tan agradable; tengo otra excursión dentro de media hora y debo regresar.

En el trayecto de regreso, Christian y Michael comenzaron a hablar a la vez; estaban tan eufóricos que no atendían lo que el otro decía; sólo querían compartir sus ideas:

–El dibujo de las líneas paralelas que aparece en la pictografía debe de referirse a la galería acuática –dijo Michael, procurando que el guía no le oyera.

–Y el manglar dibujado en la pictografía indica que la entrada está por estos manglares –agregó Christian– . Debemos buscar una manera de explorar esa zona.

A los pocos minutos llegaron al embarcadero. Allí preguntaron a Vlado:

–¿Nos podría llevar a visitar una de las galerías? Querríamos ver la que termina en los manglares. Creemos que debe de ser un paseo divertido...

–Sólo si tenéis licencia de buceadores, pues es un viaje un poco peligroso –contestó él.

–Sí, los dos tenemos certificado junior de buceo –dijo Christian emocionado.

–Pues, en ese caso, mañana a las nueve nos vemos aquí. No olvidéis vuestras licencias.

Al llegar al hotel, los chicos hicieron todo tipo de suposiciones sobre la misteriosa galería:

–¿Qué conseguiremos en las cuevas? ¿Tú crees que el hombre de Muchaca estará oculto en esa galería? –preguntó Michael–. A mí me parece difícil, pues, por lo visto, el acceso es complicado. Hoy en día se necesita un equipo de buceo para poder llegar, linternas...

–Acuérdate de las mareas y de las corrientes de agua. Tal vez el emisario que escondió la estatuilla entró en un momento del día en el que el nivel de agua era más bajo y, por lo tanto, resultaba más fácil de llegar hasta allí. Por otro lado, muchas de estas galerías tienen conexión en algunos puntos con tierra firme y por ahí pudo entrar o salir. También es posible que en esa época las galerías estuvieran sólo parcialmente cubiertas de agua... Yo creo que hay muchas maneras posibles de que el indio muchaca pusiera la figura dentro de la galería –contestó Christian.

Michael se tumbó en su cama y, cerrando los ojos, dijo a su amigo:

–Mañana veremos. Ahora vamos a dormir; el día ha sido muy largo.

17
Un mono muy curioso

Tal como habían acordado, a la mañana siguiente se encontraron con Vlado, *el Ruso,* y le mostraron sus licencias de submarinistas. Él llevaba el equipo de buceo y, después de los arreglos necesarios, salieron rumbo a los manglares. Viajaron unos minutos y pararon en medio de uno de los canales. Vlado amarró el bote a un mangle y, dirigiéndose a los jóvenes, les dijo:

–Es aquí. Poneos el equipo de buceo y coged las linternas que os he traído.

Cuando los tres estuvieron listos, se lanzaron al agua y recorrieron un corto trayecto durante el cual pudieron ver las numerosas raíces de mangle, que comenzaban fuera del agua y terminaban dentro de ella. Pronto la vegetación fue cambiando por una especie de formación rocosa que empezó a aparecer por ambos lados e, incluso, por encima de ellos: estaban entrando en el túnel.

Encendieron sus linternas, pues cada vez había menos luz, y continuaron. La descripción que les había dado Vlado sobre el paseo concordaba con exactitud con lo que veían: era un viaje espeluznante, se sentían pequeñitos ante lo imponente de esa galería y, una vez que se pasaba la impresión inicial, el recorrido se volvía mágico. Notaban que viajaban a través de una dimensión desconocida, a un lugar extraño, inexplorado y misterioso. En las paredes rocosas se observaban algas de diferentes colores, corales con cientos de pececitos jugueteando alrededor y peces más grandes que nadaban tranquilamente al compás de los buceadores. Pero lo que más les llamó la atención fueron unos trozos en los que el techo del túnel no existía y se colaba la luz del sol.

De pronto, la galería se ensanchó por uno de sus lados y hacia arriba, formando una cámara de aire que se extendía unos metros y en la cual había un pequeño lecho de distintos sedimentos en el que era posible detenerse y caminar. Vlado llegó el primero; quitándose la máscara, dijo a los chicos:

–Pararemos aquí un momento; luego avanzamos un poco más y regresamos.

–¿Cuántos túneles hay en total? –preguntó Christian con curiosidad.

–No se sabe todavía –contestó Vlado–, pues muchos tramos no han sido explorados. Éste, por ejemplo, tiene una entrada desde tierra firme; es decir, si alguien entra en sentido contrario, debe recorrer un trayecto a pie y hace el final a nado.

–¿Y esta especie de cueva en la que estamos ahora es única? –preguntó Michael.

–No, un poco más adelante hay otras. Si queréis, podemos visitarlas.

Los chicos aprovecharon para echar un vistazo a la cueva para ver si observaban algo relevante.

–Estoy seguro de que el indio muchaca trajo el tesoro a esta galería; en ese caso, la habrá dejado en una cueva como ésta. Todo concuerda: la isla, los manglares y, luego, un túnel... Ahora debemos descubrir qué representa el símbolo del mono –dijo Michael.

Pero excepto paredes rocosas, arena, estalactitas y estalagmitas, no vieron nada importante. Al poco continuaron hasta la segunda cueva y después, hasta la tercera. Allí decidieron detenerse para descansar; luego emprenderían el camino de regreso.

–Michael –dijo Christian a su amigo de pronto–; mira la figura que se forma con esta estalagmita.

–¡Es un mono!

El ruso, que los había oído, les dijo:

–Sí, es un mono. Al fin tenéis un mono, como deseabais. Es común que, por la acción geológica, las estalagmitas y estalactitas adopten diferentes formas: ésa parece un mono; en otras cuevas veréis una estalagmita con forma de niño sentado; otra con forma de un volcán e, incluso, una que parece un gigante corpulento.

Los chicos no prestaban mucha atención a lo que Vlado decía; tan sólo miraban la figura del mono. Disimuladamente se acercaron y empezaron a tocarla. De pronto

Christian notó algo muy interesante: a nivel de la base se notaba una grieta que rodeaba completamente la estalagmita. Tratando de no llamar la atención, se agachó para verla de cerca.

–Vamos ya –dijo el ruso–. Es hora de volver.

Mientras Vlado se colocaba su equipo nuevamente, Michael dijo a su amigo:

–Más tarde regresaremos.

–No –contestó Christian–. Tenemos que revisar la estalagmita ahora. Volver solos por estas galerías es muy peligroso; nos podríamos perder en unos minutos y no encontrar la salida.

–Pero ahora es imposible: el guía se daría cuenta.

–No te preocupes; yo tengo un plan. Tú encárgate de que Vlado no mire hacia atrás y, en lo posible, nadad lentamente.

–Está bien. Ten cuidado –le dijo Michael, que ya se imaginaba lo que pensaba hacer su amigo.

Los dos chicos se colocaron sus equipos y se metieron al agua junto con el ruso, que nadaba un poco por delante de ellos. Cuando sólo habían recorrido un par de metros, Christian volvió atrás hacia la cueva. Tiró su equipo sobre la arena y se acercó a la estalagmita con forma de mono. Inmediatamente empezó a tantear la base donde estaba la grieta.

«Esta estalagmita ha sido despegada del suelo y colocada nuevamente... El tesoro debe de estar aquí», se dijo.

Christian trató de mover la estalagmita con sus manos, pero estaba más pegada de lo que creía; tuvo que hacer un poco de fuerza moviéndola de un lado a otro hasta que, por fin, vio que empezaba a ceder y a separarse del suelo.

«¡Qué inteligente! La han pegado con la resina del árbol de caucho», pensó mientras observaba los restos de una sustancia oscura y gruesa que unía las dos partes rotas.

Sin perder más tiempo, miró la base donde había estado posado el mono de roca; se notaba que también estaba cubierto con resina de caucho, así que comenzó a sacarla con su cuchillo. Pronto tocó algo más.

–¡Es un pedazo de tela! –exclamó agitadamente mientras continuaba escarbando con su cuchillo.

Tras unos segundos, al fin pudo extraer del interior del mono el trozo de tela que envolvía un objeto rectangular. Al quitarlo vio la caja de nácar. Christian se abrió el cierre de su traje de buzo y, con cierta dificultad, se ajustó el cofre en el pecho. El traje estaba muy ceñido y la caja se podía salir en cualquier momento, pero debía esconderla de Vlado. Rápidamente puso la estalagmita en su sitio, se colocó la máscara y la botella de oxígeno, y entró al agua.

Mientras tanto, Michael nadaba detrás del guía; cuando éste intentaba girarse para mirarlos, Michael se adelantaba y le señalaba algún coral o un pez para distraer su atención. Pero esta estrategia no le funcionó por mucho tiempo; pronto Vlado se dio cuenta de que Christian no estaba. Con un gesto impaciente preguntó a Michael por su amigo y él comenzó a hacerle señas sin ton ni son, como tratando de explicar lo inexplicable. El ruso decidió detenerse y esperar a que Christian llegara, lo que sucedió al poco tiempo. Al verlo acercarse, Vlado reanudó su camino.

Por fin salieron de la galería y un poco más adelante pudieron ver el fondo del bote. En ese momento Christian aprovechó que el guía iba delante y colocó el cofre entre las raíces de un mangle. Luego salió a la superficie.

–¡Estás loco! ¿Cómo se te ocurre quedarte atrás? ¡Has podido perderte! –le recriminó, molesto, Vlado.

–Lo lamento –se disculpó Christian–. Me he distraído viendo unas plantas acuáticas... Lo siento.

–Está bien –dijo Vlado más tranquilo–. La próxima vez, debes tener más cuidado.

Al llegar al bote e iniciar el camino de regreso, Michael preguntó en susurros a su amigo:

–¿Lo has conseguido?

–Sí... Lo he dejado escondido entre las raíces de un mangle.

–¿Entre las raíces de un mangle? Vlado tiene razón: estás loco. Hay millones de mangles aquí; no vamos a encontrarlo nunca –le dijo Michael.

–No te preocupes; lo he escondido justamente detrás del mangle donde el guía ha amarrado su lancha, así que basta con pedirle que nos traiga nuevamente con alguna excusa; en ese momento la esconderemos en la mochila sin que se dé cuenta.

Esa misma tarde regresaron al lugar señalado después de decirle a Vlado que querían hacer fotos. En un momento en el que el ruso se descuidó, Christian sacó el cofre y lo metió dentro de su mochila. ¡Ya tenían consigo al cuarto hombre de Muchaca!

18
La última clave

—**S**ólo nos queda encontrar una estatuilla –dijo Christian con gran alegría–. Quiero empezar inmediatamente a descifrar la siguiente clave.

Michael, que ya se disponía a dormir, le dijo perezosamente:

—Soy todo oídos.

—A ver: la primera figura parece una mesa..., aunque no creo que los muchacas construyeran mesas... La segunda representa unas ondas con una línea hacia abajo, y luego más ondas. Eso es una cascada. La tercera y la cuarta figuras... ¡Qué interesante! ¿Qué querrán decir?

—Déjame ver –pidió Michael cogiendo el pictograma.

Después comentó:

—Esta clave es bastante sencilla: fíjate, la figura con forma de mesa debe de representar una de esas montañas de cima plana que se llaman tepuis, que vimos a lo lejos cuando íbamos navegando por el río Kocóino, hacia el campamento Unanaíma.

Christian dijo impresionado a su amigo:

–Tienes razón, cómo no lo he descubierto antes... ¿Y qué crees respecto al segundo dibujo, las ondas? Sin duda, representan un salto de agua, igual que en la primera clave.

–¡Ya sé! –gritó Michael–. Debe de ser el salto de agua San Mirador, uno de los saltos más altos del mundo; está aquí, en Galerón. He leído que en la cima de un tepuy llamado Urunan-Tepuy nace el río Chapo que, al caer, forma el salto San Mirador. Es muy sencillo: debemos ir hasta un poblado a la orilla del Chapo, contratar una excursión río arriba, que nos llevaría a la base del salto, y allí averiguaremos el significado del siguiente símbolo, que es...

–Un grupo de aves –dijo Christian–. El problema es que, a diferencia del dibujo del gallito de las sierras, estas aves no tienen alguna característica particular por la que las podamos identificar, aunque es posible que, una vez que lleguemos allí, podamos descubrir su especie... Ahora, dime qué opinas del último signo –continuó con una sonrisa–. ¿No te parece sorprendente?

Michael, sin demostrar ninguna excitación, le contestó:

–Es una figura humana.

–¡Te equivocas, es un dios! –exclamó Christian eufórico.

Entonces Michael miró nuevamente el dibujo y los ojos le brillaron:

–¡Es igual a las estatuillas de los hombres de Muchaca! –exclamó.

–Exacto. Es la misma cara y los mismos ornamentos. La misma pose... No hay ninguna duda: es un dios.

–Y... ¿Qué habrán querido decir con eso? –preguntó Michael.

–No lo sé, pero sólo hay una manera de averiguarlo –dijo Christian mientras se paraba sobre la cama y, con gesto solemne, exclamaba–. ¡Salto San Mirador, allá vamos!

Michael, igual de emocionado, se sentó a revisar la información que tenían sobre las excursiones hacia esa zona. Afortunadamente, desde la isla de Coporito se podía tomar un avión que llegaba hasta Las Claras, una población en plena tierra de tepuis, a las orillas del río Chapo. Su única preocupación era que llevaban un hombre de Muchaca consigo, pero ante la posibilidad de ahorrar algo de tiempo y de dinero, decidieron no viajar a la capital.

Las Claras era un poblado diminuto con mayoría de habitantes de raza indígena. Al llegar allí, se dirigieron a una agencia de turismo e hicieron su solicitud. Por suerte, al día siguiente había una excursión de cuatro días en la que se remontaba el río Chapo en dirección nordeste a través de una espesa selva, hasta llegar a la base del salto San Mirador.

–Nuestra excursión incluye todo: guía, comida y equipo; vosotros sólo debéis llevar vuestros bañadores y efectos personales. También debéis solicitar un permiso para visitar esta área, ya que tiene un ecosistema único y el acceso está controlado –les informó el agente de viajes.

Al día siguiente y, tras sacar sus permisos, regresaron hasta la agencia de viajes, donde los esperaban sus compañeros de esta excursión: Simón, el guía, y una simpática familia italiana de apellido Pietri, compuesta por un matrimonio y sus dos hijos adolescentes. Todos estaban emocionados ante lo que prometía ser un viaje inolvidable.

19
Viajando entre tepuis

Desde que salieron, no pudieron dejar de admirar el paisaje que tenían ante sus ojos: navegaban por un amplio río, tan tranquilo que el único movimiento que había era el de la estela del propio bote. Veían aves de todos los colores y tamaños, las cuales los chicos trataban de identificar; también vieron tortugas, lagartos e iguanas, y una simpática familia de monos que, sentados en las ramas de los árboles, los miraban.

En ocasiones se cruzaron con embarcaciones de indios que pescaban, de otros turistas, o lanchas rápidas con brigadas de la guardia nacional, cuya labor era evitar el contrabando de plantas o animales exóticos y el tráfico de oro o piedras preciosas.

Más adelante se detuvieron en una playa de arena de color rojo claro, pues debían comer y todos necesitaban un descanso. Los jóvenes italianos, después de ver los alrededores, se acercaron a la orilla del río, pero, antes de entrar a él, preguntaron a Simón:

–¿Nos podemos bañar?

–Por supuesto –contestó.

Los chicos, felices de poder refrescarse, se quitaron sus camisas y zapatos y se lanzaron al agua. Al poco tiempo comenzaron a ver movimientos extraños cerca de ellos. Sin salirse del agua, preguntaron:

–¿Qué hay aquí?

–Deben de ser tembladores –contestó Simón sin ninguna preocupación.

–¿Tembladores? ¿Te refieres a anguilas eléctricas? –gritaron mientras se apresuraban a salir.

–Sí, y no les gusta hacer amigos.

–¡Y dice usted que mis hijos se pueden meter al agua tranquilos! –le recriminó la señora Pietri.

–¿Quién les mandó bañarse en un agua que no conocen? –dijo el guía encogiéndose de hombros–. Es decisión suya. Han tenido suerte de que no les haya mordido una piraña.

–Creo que está mintiendo para asustarnos –intervino Christian–. Realmente, no creo que haya tembladores ni pirañas en este río.

–¡Claro que los hay! –exclamó Simón–. ¿Queréis pescar algunas pirañas?

–¿Pirañas? ¿Vosotros pescáis pirañas? –preguntó Michael incrédulo.

–Por supuesto y, aunque no tienen mucha carne, la poca que tienen es muy sabrosa –les dijo él–. Si queréis, pescamos algunas, pero, eso sí, cuando las atrapéis, dádmelas; yo les quitaré el anzuelo.

Los cuatro jóvenes aceptaron la proposición de Simón y comenzaron la pesca. La faena les resultó sencilla, ya que el río estaba realmente lleno de pirañas. Michael fue el primero en pescar una; cuando se disponía a sacarle el anzuelo, Christian le detuvo:

–Recuerda que Simón nos dijo que él debía quitarles el anzuelo.

–Yo he hecho esto muchas veces; no te preocupes.

Así, en cuanto terminó de hablar, Michael comenzó a manipular el anzuelo despreocupadamente, con la mala suerte de que, durante una décima de segundo, introdujo parte de su dedo dentro de la boca de la piraña. Ese instante fue suficiente para que el pez cerrara su boca y casi le desprendiera la parte interna del pulgar. La sangre brotó rápidamente y Michael, tratando de conservar la calma, apretó con fuerza su dedo. Los viajeros, alarmados, corrieron a auxiliarlo:

–¡Espera! –le dijo el guía–. Te voy a curar... ¿Alguien tiene algo para limpiarle?

–¿Y tú no traes equipo de primeros auxilios? –le dijo Michael molesto.

–La verdad es que se me olvidó –contestó él–. ¿Además, quién te manda no hacerme caso y meter el dedo en la boca de ese animal?

Entonces, la señora Pietri intervino:

–Esperad –dijo ella mientras buscaba entre sus cosas–. Yo he traído un botiquín de primeros auxilios.

Pronto la señora Pietri encontró gasas y desinfectante, y le hizo la cura.

–Deberías volver hasta un centro de salud para que te pongan unos puntos en el dedo –sugirió.

–No hay problema –dijo el guía mientras se levantaba y comenzaba a buscar en el suelo.

A los pocos segundos se acercó con una gran hormiga en la mano y tomó el dedo de Michael:

–¿Qué va a hacer? –preguntó él nervioso.

–Tranquilo, es sólo un pinchazo...

Simón colocó la hormiga en el pulgar de Michael y ésta cerró ferozmente sus tenazas. Michael gritó de dolor, mientras el guía partía la hormiga en dos, dejando solamente la cabeza pegada al dedo. Hizo lo mismo con cuatro hormigas más hasta que la herida quedó prácticamente cosida.

–¿Qué te parece? –dijo, ante el asombro de todos los viajeros–. Seguro que nunca imaginaste que ibas a recibir unos puntos tan originales.

La señora Pietri, aún sin salir de su asombro, le dijo:

–Te voy a cubrir el dedo con una gasa y mañana volveremos a curarlo.

–Gracias –dijo Michael mirando con curiosidad su dedo cosido con cabezas de hormigas.

Tras este incidente continuaron el viaje. Navegaron durante varias horas haciendo cortas escalas para descansar, hasta que pararon en la isla Orquídea, donde pasarían la noche. En ese momento se dieron cuenta de que estaban hambrientos.

Simón se puso a preparar la comida: Cuando le preguntaron qué iban a cenar, él contestó:

–¡Pirañas, por supuesto!

Tras la cena, el guía sacó las mandíbulas de las pirañas que comieron, las limpió y regaló una a cada turista.

–Tomen –dijo–; para que sus amigos vean que realmente las comieron.

La familia Pietri, Christian y Michael agradecieron el gesto. Maravillados, observaban una y otra vez los afilados dientes del feroz animal. De pronto, las anteriores impertinencias del guía no les parecieron tan graves, aunque la situación duró poco, pues antes de acostarse se enteraron de que Simón sólo había llevado un mosquitero para él, de modo que el resto hubo de conformarse con usar repelente de insectos y cubrirse de pies a cabeza.

20
Un objeto extraño y útil

La mañana siguiente se levantaron llenos de picaduras, ya que el efecto del repelente duraba solamente unas horas. Tratando de obviar ese detalle, continuaron el camino: recorrieron la mayor parte por río, pero en algunos trayectos, cuando éste resultaba peligroso, los viajeros debían marchar a pie, cargando con el bote. La travesía por tierra era igual de interesante que la efectuada a través del río y les fue fácil observar infinidad de mamíferos que huían al verlos. No faltaron hermosas aves, gigantescas arañas ni variados tipos de culebras.

–Tengan cuidado por dónde pisan y dónde ponen la mano; ésta es una zona en la que abundan las serpientes venenosas –les dijo Simón.

Christian y Michael no pudieron evitar recordar a sus madres cuando ellas les mencionaron arañas del tamaño de cangrejos y mosquitos como aviones; aunque exageradas, no estaban muy lejos de la realidad: todos los insectos eran inmensos allí.

Vieron descomunales orugas cubiertas de vello de diferentes colores, las cuales, al sentirse en peligro, levantaban la mitad del cuerpo amenazadoramente.

–No las toquen; el solo roce provoca una urticaria muy fuerte en toda la piel –les recomendó el guía.

Luego les mostró a la hormiga veinticuatro:

–Se llama así porque, si te pica, da fiebre durante veinticuatro horas.

Los escarabajos, alacranes, saltamontes y las horrorosas cucarachas parecían haber tomado una poción mágica para volverse gigantes. Por fortuna, también tenían un tamaño increíblemente grande las mariposas de múltiples colores que revoloteaban alrededor del cabello de la señora Pietri, de un escandaloso color naranja.

Después de observar tanta maravilla llegaron a un claro, donde pararon para almorzar; al terminar, reanudaron el recorrido en bote. El resto del trayecto les resultó interminable, pues todos estaban afectados por el fuerte sol y Simón no era capaz de precisar cuánto tiempo les faltaba para llegar al campamento. Finalmente, y con los ánimos caldeados por la irresponsabilidad del guía, llegaron a la isla Cascabel, donde pasarían la noche. La señora Pietri se acostó con un intenso dolor de cabeza, mientras los demás preparaban la cena. Antes de irse a dormir, el señor Pietri y sus dos hijos se sentaron a hablar con Christian y Michael:

–Afortunadamente, estamos juntos; este guía es un desastre. Ni siquiera trajo el equipo de primeros auxilios.

No sé qué va a hacer si una serpiente venenosa nos muerde –comentó el señor Pietri con Michael.

–Nosotros hemos traído un antídoto contra el veneno de serpiente, pero no conocemos su efectividad –agregó Christian.

El señor Pietri sonrió y, ufano, dijo:

–Yo he traído algo aún más efectivo que el antídoto.

–¿Qué es? –preguntaron Michael y Christian.

El señor Pietri sacó de su mochila una pequeña caja de plástico transparente que abrió cuidadosamente. En su interior había una piedra de color café de unos dos centímetros de tamaño. Al ver la cara de desconcierto de los chicos, les explicó:

–Esto es la mejor cura para el veneno de serpiente que existe. Yo nunca lo he probado, pero tengo entendido que es efectivo cien por cien.

–¿Cómo funciona? –preguntó Christian.

El señor Pietri tomó la piedra en sus manos y dijo:

–En el lugar donde pique una serpiente, se abre una raja con un cuchillo y se coloca la piedra. En pocos minutos, ésta absorbe todo el veneno, como si fuera una esponja.

–¿Y cómo puede ser que una piedra haga eso? –preguntó Michael.

–No lo sé –contestó el señor Pietri–; yo había oído hablar de esta piedra hace mucho tiempo y, al decidirnos a hacer este viaje, escribí al convento de Italia donde se encuentran. Tuve suerte, porque, al parecer, hay personas que han tratado de conseguir una durante años y no lo han logrado.

–Por lo visto sólo se puede usar una vez –dijo Michael.

–No –aclaró el señor Pietri mostrando una nota que estaba en la caja con la piedra–. Según dice aquí, después de usada se debe poner en un vaso con agua durante un día entero y ella irá liberando todo el veneno. Después de esa limpieza se puede usar nuevamente.

Los chicos estaban asombrados con la historia.

–¡Ojalá pudiera conseguir una piedra así! –dijo Christian–. Al terminar este viaje voy a escribir a ese convento; tal vez tenga suerte y me manden una a mi también.

Esa noche los mosquitos saborearon gustosos la sangre nueva que les había llegado; los alacranes y las arañas caminaron sobre sus cuerpos y alguna que otra serpiente con ganas de acercarse a ellos se arrepintió ante la fogata que ardía alrededor del campamento. Pero nada de esto importó a los viajeros; estaban tan cansados que no notaron sus picaduras hasta el día siguiente.

21
San Mirador

—¡**D**espiértense, dormilones! Debemos aprovechar el buen tiempo si queremos obtener una vista espectacular del San Mirador –dijo el guía al grupo de viajeros, que dormía en pleno.

Todos se levantaron entusiasmados y, tras recoger el campamento, continuaron el viaje selva adentro. Caminaron durante dos horas entre la espesa vegetación; pronto comenzaron a oír un sonido fuerte y continuo, parecido a un rugido.

–¿Oyen? –preguntó Simón con una sonrisa–. ¡Ése es el salto de agua San Mirador!

Los turistas se apresuraron, pues estaban deseosos de llegar. A medida que se acercaban, el sonido del agua se hacía más intenso. Un poco más adelante salieron a un claro al borde de una pequeña colina y el guía, señalando el horizonte, dijo:

–Tienen suerte; no hay ninguna nube tapándolo.

Ellos, emocionados, se acercaron al borde del claro y desde allí pudieron observarlo. Era un espectáculo incomparable: aproximadamente a dos kilómetros de distancia, del tope de un gigantesco tepuy caía un río vertical de casi mil metros de longitud que creaba una estela de agua del tamaño de tres edificios. La vegetación exuberante que lo rodeaba lo hacía más pintoresco aún y los turistas, mudos de admiración, no cesaban de hacer fotografías.

Ante este panorama, Simón sacó un sencillo almuerzo, que para todos ellos fue el más exquisito que hubieran probado nunca, dado el lugar privilegiado donde lo estaban comiendo. Después, el guía les avisó de que en un par de horas emprenderían el viaje de vuelta.

Christian y Michael se dieron cuenta en ese momento de que no podrían regresar. Ellos debían seguir para buscar la figura del hombre de Muchaca, así que decidieron hablar con Simón y convinieron con él en que regresaría a buscarlos cuatro días más tarde.

Llegó la hora de la partida y los chicos dieron un fuerte abrazo a sus compañeros. Al despedirse del señor Pietri, éste entregó a Christian la cajita con la piedra.

–Creo que os será más útil que a nosotros, ya que mañana regresamos a Italia –dijo.

–Gracias, amigo –contestó Christian–. Ojalá no la necesitemos.

Poco después, los viajeros comenzaron el camino de retorno. Christian y Michael se quedaron mirando al grupo, que desaparecía entre la vegetación.

–Christian –dijo Michael de repente–. ¿No te parece que hemos olvidado un detalle?

–¿Cuál?

–No tenemos comida para estos días.

Christian se llevó las manos a la cabeza y, alarmado, exclamó:

–¡La comida! ¿Cómo no se nos ha ocurrido?

–¿Qué hacemos ahora? –preguntó Michael.

–Si nos damos prisa, alcanzaremos al grupo antes de que llegue al bote, pero eso quiere decir que debemos olvidarnos de la quinta estatuilla –dijo Christian después de dudar unos instantes.

–Si nos quedamos, deberemos comer lo que sea –agregó Michael–. ¡Yo voto por esa opción!

–Yo también –contestó Christian satisfecho.

Los dos muchachos se rieron y, entusiasmados, se sentaron a estudiar nuevamente el pictograma.

22
Una dieta muy particular

—Creo que debemos acercarnos más a la base del tepuy –dijo Michael.

–Estoy de acuerdo contigo; recojamos todo y pongámonos en camino.

El viaje fue un poco tortuoso; los mosquitos se cebaron con sus piernas descubiertas, sin la protección del repelente que ya se les había acabado. Avanzaban con lentitud, pues la densidad de la vegetación los retrasaba constantemente. No obstante, contaban con el GPS, que les indicaba el camino correcto y les impedía perderse. Caminaron durante varias horas, hasta que la falta de luz los obligó a detenerse. Sólo tenían dos pequeñas linternas y no querían usarlas si no era estrictamente necesario. Es ese momento decidieron comer.

–Voy a ver qué consigo –dijo Christian mientras cogía la linterna, su cuchillo y salía a buscar algo que cazar, pero, tras un rato, regresó derrotado:

–No he visto nada comestible; ni siquiera un animal pequeñito.

–Pues busquemos por el suelo –sugirió Michael–. Seguro que encontramos algunos animalitos caminando.

Resignados, empezaron a buscar debajo de las piedras y a escarbar en la tierra. Sólo consiguieron algunos insectos babosos y desagradables.

–Lo bueno es que aquí, en la selva, los insectos son más grandes que en otras partes, por lo que necesitamos comer menos –bromeó Christian mientras veía a Michael haciendo muecas de desagrado a la vez que intentaba tragar el gusano que se había metido en la boca.

A la mañana siguiente, tras un escaso desayuno consistente en una lagartija atrapada con mucha dificultad, continuaron su caminata. Antes del mediodía ya habían llegado a un lado del tepuy; el ruido que producía el salto San Mirador era tan fuerte que casi no oían lo que se decían. Gritaban con todas sus fuerzas e, incluso así, era difícil que se entendieran.

–¿Cómo sabremos dónde hemos de buscar ahora? –se quejó Michael–. Este tepuy mide varios kilómetros de diámetro, así que deberíamos tener una idea más concreta. Lo peor es que el próximo dibujo representa varias aves volando y no tenemos idea de cuáles son...

–Pues sigamos caminando –le dijo Christian resignado.

Los chicos pasaron el resto del día examinando el lugar y, mientras investigaban la zona, se alejaron de la caída de agua, lo que les permitió poder hablar con más calma. Al final de la tarde ya no oían el ruido del San Mirador y, cansados, decidieron parar para comer y dormir. Con desagrado empezaron buscar insectos; sin embargo, decidieron dar un toque de humor a su casi tragedia para que no les resultara tan desagradable:

–Mira esta araña: cómete las patitas.

–¡Qué asco, son peludas!

–¿Y qué me dices de este baboso gusano?

–¡Se desliza muy bien dentro de la garganta!

–Estas gigantescas hormigas no están tan mal; al contrario, son muy crujientes...

La animada conversación de pronto fue interrumpida, pues oyeron un gran estruendo. Los dos chicos, sobresaltados, se giraron hacia el lugar de donde venía, y les costó creer lo que vieron pasar ante sus ojos: decenas, más bien cientos, o hasta miles de aves, todas de color café, que volaban enérgicamente en dirección este-oeste, a pocos metros por encima de sus cabezas.

–¡Las aves! –exclamó Michael soltando una araña que aprovechó para huir rápidamente –. ¡Son las aves del pictograma! ¡Tenemos que ver de dónde vienen!

Los dos chicos recogieron sus pertenencias velozmente y salieron corriendo en la dirección de la que provenían las aves. La bandada de pájaros era interminable: volaban juntos, formando un gran techo en el cielo que parecía no tener fin. Durante más de media hora los muchachos corrieron en dirección contraria a la de las aves, hasta que el grupo se fue debilitando y ya no vieron pasar a ninguna más.

–¡Qué locura! –dijo Michael jadeando cuando, al fin, se detuvieron–. ¿De dónde han salido todos esos pájaros?

–No tengo ni idea, pero mañana lo averiguaremos –contestó Christian–. Muchas aves migran durante la noche en busca de alimento y por la mañana regresan a su hábitat natural. Yo creo que no nos deberíamos mover de aquí y esperar a que regresen al amanecer.

Esa noche Christian revisó la guía de aves de Galerón y encontró en ella una especie muy particular: el guácharo. Es un ave de color marrón que habita en cuevas y que, durante las noches, viaja para buscar su alimento. Se mueve en grupos y con la aurora regresa a su cueva, donde pasa el resto del día.

Tal como esperaban, con los primeros rayos de luz se oyó nuevamente el potente graznar de cientos de guácharos y los vieron pasar otra vez por encima de ellos, aunque en dirección contraria. Sin perder tiempo, reanudaron su marcha; esta vez, en la misma dirección que los pájaros. Cuando el último de aquellos animales había llegado, los chicos pudieron descubrir el lugar donde vivían durante el día: era una gigantesca cueva, con una entrada de unos diez metros de alto y treinta de ancho, localizada a pocos metros del tepuy.

23
La morada del pájaro guácharo

—Entremos —dijo Christian.

Mientras Michael se detenía a buscar su linterna, Christian se adelantó y dio los primeros pasos en la penumbra. De pronto, se empezó a hundir.

—¡No te acerques! —gritó a su amigo, haciéndole un gesto con la mano—. ¡Es arena movediza!

—¡Voy a buscar una rama! —le avisó Michael alarmado—. No te muevas, o te hundirás más rápidamente.

Pero, por muy quieto que intentaba quedarse, Christian seguía hundiéndose. Después de unos interminables segundos, cuando ya estaba cubierto hasta la cintura, sintió que tocaba fondo.

—No es arena movediza —exclamó aliviado—; ya puedo pisar suelo firme.

—Entonces, ¿en qué te has hundido? —le preguntó Michael.

Christian, todavía sumergido, tomó algo del barro y lo acercó a su nariz; tras arrugarla con un gesto de desagrado, gritó:

–¡Es excremento! ¡Debe de ser excremento de estos pájaros cochinos!

Michael soltó una carcajada mientras trataba de ayudar a su amigo a salir de ese sucio pozo. Christian no se reía, pues todavía no se había recuperado del susto y no le hacía gracia estar lleno de excremento de pájaro, pero luego fue soltándose y poco a poco también comenzó a reírse.

Después de cambiarse y ponerse ropa limpia, dijo:

–Ahora sólo nos falta descubrir la localización del último símbolo: la figura del dios.

–He estado pensando que, probablemente, este caso sea igual a la clave anterior, en la que aparecía la figura del mono: es decir, que sea una estalagmita que tenga la forma de dios muchaca.

–También podría ser una formación rocosa –dijo Christian–; pero no sigamos perdiendo el tiempo aquí. Comencemos la exploración.

Caminaron algunos minutos por la galería principal, pero como ésta pronto comenzó a ramificarse en galerías más pequeñas, decidieron ir probando una por una, marcando sus coordenadas exactas en el GPS para evitar perderse.

Aunque iban pendientes de dónde pisaban, permanentemente caían en lo que ellos bautizaron como los «pozos sucios», que eran depresiones en el suelo en las que se acumulaba el excremento de los guácharos. Al final, los chicos no se preocuparon más de pisar excrementos ni de hundirse hasta la cintura en él. Lo único que les importaba en ese momento era descubrir el último símbolo. Avanzaban muy lentamente, ya que debían revisar cada palmo de las galerías, pues había estalactitas y estalagmitas por todas partes, y en esa oscuridad debían tener mucho cuidado de no chocar con alguna y dañarla. Sólo podían usar una luz muy tenue, ya que, según ponía en el libro de aves, a los pájaros guácharos les molesta la luz. Los chicos no deseaban perturbarlas, tanto por un sentido natural de respeto a la especie, como también por prudencia: eran miles y era mejor prevenir.

Pronto se dieron cuenta de que los guácharos no eran los únicos moradores de la cueva; compartían hogar con pequeños murciélagos. Y mientras las aves permanecían tranquilas, acostadas en cualquier saliente de las paredes, los murciélagos volaban permanentemente al ras de sus cabezas, causándoles sobresaltos.

Tras varias horas de caminata, sorteando pozos, murciélagos y guácharos, finalmente descubrieron una galería muy interesante. Michael, que llegó primero, le gritó a su amigo:

—¡Christian, date prisa! ¡No lo vas a creer...!

—¿Qué? —preguntó Christian entrando rápidamente a la galería.

—¡No era una estalactita, ni una estalagmita, ni una formación rocosa! —dijo Michael en tono triunfal señalando con su linterna un grupo de enormes piedras situadas a un lado de la galería.

Christian dirigió su mirada al lugar donde se reflejaba la luz. Sus ojos y su boca se abrieron todo lo que podían mientras se iba acercando poco a poco. Extendió su mano y tocó la roca; con una sonrisa comenzó a deslizar sus dedos entre unas ranuras hechas por la mano del hombre que daban la forma a un dios muchaca: el último símbolo era un petroglifo.

–¿Cómo no se nos ocurrió? –dijo Michael–. El indio que trajo la estatuilla hizo un grabado sobre esta piedra. Eso quiere decir que la habrá escondido aquí.

Inmediatamente comenzaron a mover las rocas que la rodeaban; eran muchas y muy pesadas, pero el entusiasmo de los chicos les impedía sentir fatiga. Tras un rato de trabajo, vieron debajo de la primera pila, a un grupo de piedras de tamaño mediano que formaban una especie de pirámide. Al quitar la más alta se dieron cuenta de que dentro se formaba un vacío. Con más energía aún, siguieron quitando las piedras de los lados hasta que pronto pudieron ver lo que tanto estaban buscando: un trozo de tela de color café, raída, que envolvía un objeto rectangular. La tela ya les resultaba conocida; después de dar un grito de regocijo, Michael la tomó en sus manos. ¡Segundos después ya le estaba mostrando a Christian la quinta y última estatuilla!

–¡Lo conseguimos! –exclamó– ¡Hemos encontrado a los cinco dioses de la mitología muchaca!

24
La serpiente y la piedra milagrosa

Los chicos, sonrientes a más no poder, recogieron sus mochilas y salieron de la cueva.

–Debemos apresurarnos –dijo Michael–. Simón viene a buscarnos pasado mañana y ya casi va a oscurecer. Solamente nos queda un día para volver al punto donde nos separamos.

–No te preocupes. A menos que haya un percance grave, tenemos tiempo suficiente para llegar –le tranquilizó Christian.

–Pues, siendo así, vamos a comer, que no hemos tomado nada desde el desayuno. Voy a buscar entre las piedras, a ver si consigo unos gusanitos de ésos que te gustan tanto...

Mientras decía eso con sorna, Michael, irresponsablemente, movió piedras y hurgó entre hojas y ramas secas que estaban en el suelo. De pronto vio un animalito largo y baboso:

–¡Tengo un gusano! ¡Es para ti! –le gritó a Christian.

Pero no era un gusano; como apenas había luz, no pudo darse cuenta de que la mandíbula del animal se abría ante su mano, sobre el pliegue que hay entre el dedo pulgar y el índice. Entonces notó que unos afilados dientes se le clavaban.

−¡Christian, me ha mordido una serpiente!

−¡Rápido! ¡Hay que ver de qué especie es! −saltó Christian.

Apenas tuvo tiempo para apuntar con su linterna hacia una pequeña serpiente roja, negra y blanca, que se alejaba rápidamente del lugar.

−Era una coral, Michael. Es una de las serpientes más venenosas que existen −dijo Christian con un hilo de voz.

−¡Busca el antídoto contra el veneno! −gritó Michael mientras se desgarraba la camisa para hacerse un torniquete.

Christian, temblando, buscaba el antídoto sin éxito. ¡Lo debían de haber perdido una de las tantas veces que recogieron sus pertenencias! El joven pensaba y pensaba tratando de buscar una solución para ayudar a su amigo.

−¡No está! −le decía−. No cierres los ojos, Michael; no te muevas. ¿Qué hago? ¿Qué hago?... ¡La piedra!... ¿Dónde está?

−En tu mochila −dijo Michael, que pacientemente esperaba acurrucado en el suelo.

Christian sacó la piedra y, haciendo un pequeño corte en la mano de Michael, justo sobre la herida, se la colocó.

−Y ahora, ¿qué? −preguntó Michael.

−No sé −contestó Christian−. Dejémosla así un rato.

Esa noche no pudieron dormir. Christian comprobaba el pulso y la temperatura a su amigo, que por suerte se mantuvieron estables. También le tocaba a menudo las extremidades para estar seguro de que no estaba perdiendo sensibilidad. Le revisaba los ojos, los labios, cualquier cambio de color en su piel, alguna hinchazón o endurecimiento de la mano afectada.

Michael no decía nada; sólo se apretaba con fuerza la piedra sobre su mano. Ambos estaban muy asustados.

De madrugada, Christian revisó por última vez la temperatura de su amigo y, aliviado, le dijo:

–Creo que esta piedra es realmente efectiva; de otro modo, sin el antídoto, probablemente no te hubieras salvado. Pero ya estás bien; duerme un poco, que yo estaré pendiente de ti.

Michael sonrió y, sin decir una sola palabra, cerró los ojos y se quedó dormido. Después de un par de horas de sueño, se despertó y vio a Christian ojeroso y bostezando, pero pendiente de él.

–Gracias, Christian –le dijo.

–Vamos, amigo –le contestó él con una sonrisa–, afortunadamente, ésta la vas a contar, pero ahora levántate, que tenemos un largo camino por recorrer.

Aparte de la debilidad normal por no haber comido prácticamente nada en el último día, de no haber dormido y de haber pasado horas de extrema tensión, la condición física de Michael era perfecta.

Decidieron no buscar más alimento debajo de la rocas, los troncos o las hojas secas, y miraban muy bien dónde pisaban y ponían sus manos. Ese día optaron por una dieta vegetariana y sólo comieron hojas. Ya al final de la tarde tuvieron un regalo: un árbol cargado con una extraña fruta, de piel color verde y pulpa blanca. No sintieron temor de comerla, porque los pájaros la habían picoteado. Era muy dulce y jugosa, y los chicos comieron hasta más no poder.

Al anochecer, todavía no habían llegado al punto de encuentro, así que decidieron continuar en plena oscuridad, sólo con la ayuda de la tenue luz de sus linternas el resto del trayecto.

Llegaron casi de madrugada y sin apenas tiempo para quitarse las mochilas, se echaron a dormir. A media mañana se despertaron con un fuerte ruido.

–Es Simón –dijo Michael aliviado.

–Nunca creí que me alegraría tanto de verlo –dijo Christian saludándolo desde la orilla con la mano, mientras el guía, sorprendido por el recibimiento, esbozaba una gran sonrisa.

Estuvieron navegando río abajo casi todo el día, tiempo durante el cual los dos muchachos continuaron su larga siesta. Llegaron a Las Claras cuando ya había oscurecido. Los chicos, muertos de hambre, tomaron una cena abundante y, al terminar, se dirigieron al aeropuerto. Aunque estaban agotados, nada más llegar al hotel La cigüeña recogieron las estatuillas restantes y, orgullosos, colocaron una al lado de la otra, admirándolas una y otra vez.

–¿Y ahora qué? –preguntó Michael después de un breve silencio.

Christian miró las estatuillas y respondió:

–Creo que es momento de viajar al Territorio del Delta: el hogar de los últimos muchacas existentes.

25
Tara

Tomaron el vuelo al día siguiente. Al llegar al Territorio del Delta solicitaron un transporte que los llevara hasta la comunidad donde vivía Tara. Él era una persona conocida y querida en la zona, así que no fue difícil localizarlo.

En menos de una hora ya habían llegado al poblado indígena. Al bajarse del coche, Christian vio a lo lejos a un joven delgado y pequeño que llevaba como única prenda de vestir un taparrabos de color rojo. Estaba conversando de espaldas con un anciano de cabello muy blanco, totalmente lampiño. Christian se le acercó un poco y, con una gran sonrisa, le llamó:

–¡Tara!

El joven se dio la vuelta. Su cara no mostraba sorpresa. Era como si esperara la visita; luego sonrió y corrió a abrazar a su amigo.

–¡Christian! ¡Qué alegría!

–No podía regresar a Europa sin verte –dijo Christian respondiendo al abrazo–; éste es Michael, mi mejor amigo.

Entretanto, el viejo se acercó y los observó con sus inmensos ojos negros. No les habló, ya que desconocía su lengua; sin embargo, puso sus manos en los hombros de Christian y Michael, y les hizo una solemne reverencia como gesto de agradecimiento.

–Me imagino que será tu abuelo –dijo Michael, impresionado por la sensación de respeto que inspiraba el pequeño y delgado hombre.

–Sí; es el *shabek* Maroni. No es necesario que os presente; él ya sabe quiénes sois. Pero venid; debéis de estar cansados.

Los muchachos acompañaron a Tara a una vivienda comunitaria. Tenía forma ovalada y era tan grande que podía albergar a unas cuarenta familias. Excepto la pared externa, hecha de una especie de barro mezclado con ramas, dentro no había paredes ni ninguna otra división; sólo se veían docenas de hamacas colocadas en hileras verticales, unas encima de otras.

Se sentaron en el suelo, sobre unas esterillas hechas de hoja de palma e inmediatamente Christian comenzó a contarle a su amigo la aventura que habían vivido y que había desembocado en la localización de las cinco figuras. Tara escuchaba sin perder detalle, pero en el momento en que Christian tomó su mochila para comenzar a sacar las estatuillas, el joven indio lo detuvo:

–Espera. Este honor no me corresponde sólo a mí.

Tara convocó a toda la comunidad, que se reunió fuera de la vivienda y, después de dirigirse a ellos en lengua muchaca y de explicarles lo que iban a ver, dijo a los chicos:

–Ahora sí; estamos listos para ver las figuras.

A Christian le temblaban las manos; era consciente de que no podría olvidar jamás ese momento. Los descendientes de aquella raza aguerrida que había luchado tantas veces contra los invasores, se encontraban allí en total silencio, a la espera de que ellos le mostraran el más importante legado de sus antepasados.

Todos los muchacas observaban a Christian fijamente y cuando comenzó a sacar las figuras, se escuchó un murmullo que los chicos interpretaron como palabras de admiración o sorpresa. Mostró tres figuras; durante todo ese tiempo, el shabek Maroni no pronunció palabra, si bien su cara denotaba una gran satisfacción.

Luego le tocó el turno a Michael, que solemnemente sacó de su mochila las dos estatuillas restantes. Los muchacas se les acercaron con timidez y, poco a poco, comenzaron a tocar las figuras. Comentaban entre ellos y, uno a uno, sonrieron a los chicos. Ellos, emocionados, les devolvieron la sonrisa.

Esa tarde, Christian y Michael hablaron privadamente con Tara y su abuelo:

–Queremos que os quedéis con las estatuillas –dijo Christian–. Es aquí donde deben estar; vosotros decidiréis su destino.

Tara tradujo las palabras a su abuelo y éste le dijo algo. Tara se volvió a los chicos y les explicó:

–Mi abuelo opina que sois unos jóvenes venerables y con un alto sentido del honor. Otros se hubieran marchado con el tesoro, ya que nunca os pedimos que nos lo devolvierais.

El *shabek* Maroni continuó hablando, así que Tara también:

–Mi abuelo desea que os quedéis unos días con nosotros para poder demostraros nuestro agradecimiento.

Los jóvenes aceptaron encantados la amable invitación. Esa noche hubo una celebración en su honor: todos los hombres de la comunidad bailaron y cantaron ataviados con unas extrañas máscaras hechas de tejido vegetal y pinturas, que representaban las cabezas de diferentes animales; comieron una deliciosa cena consistente en peces de río y variados frutos de la selva; y, una vez más, durmieron en unas frescas hamacas tejidas con la hoja de un palma muy alta llamada moriche. Al día siguiente se levantaron muy temprano, pues deseaban explorar la zona. Tara los llevó a pasear a través de los caños o pequeños ríos que forma el delta del río Kocóino.

–La canoa en la que vamos montados se hace directamente con el tronco de un árbol. Escogemos uno que sea muy fuerte y lo tallamos partiendo la mitad, hasta darle la forma que queremos.

Los chicos miraban maravillados la canoa, sobre todo por la pericia de su tallador, ya que se mantenía en perfecto equilibrio en el agua.

–Ahora vamos a visitar otras comunidades muchacas que viven a las orillas del río –dijo Tara.

Pronto comenzaron a ver un grupo de niños pequeñitos que nadaban con una destreza increíble.

–Generalmente nuestros niños aprenden a nadar antes que a caminar.

Luego vieron unas pintorescas chozas construidas a las orillas del propio río, pero con sus bases dentro de él: los palafitos. Curiosos, entraron dentro de uno. El suelo, construido con troncos anudados con hojas de palma, estaba localizado justamente sobre el río. A los chicos les llamó mucho la atención que el suelo no fuera fijo y Tara, que notó su extrañeza, les explicó:

–No es fijo porque, si el río crece, ellos mueven el suelo más hacia arriba y evitan que se se inunde.

Dentro del palafito había una niña con su madre confeccionando cestas con diseños geométricos de gran belleza. A una invitación de la pequeña, Christian y Michael trataron de aprender el difícil tejido, pero en tan corto tiempo no les fue posible.

–La artesanía que hacemos es muy valorada en vuestros países –dijo Tara con orgullo–. Compradores de todo el mundo vienen para surtir sus tiendas con nuestra cestería.

Más adelante se les acercaron otros simpáticos habitantes de la misma choza: tres loritos que hablaban lengua muchaca.

–Estos loritos son bilingües –les comentó Tara divertido–. Ellos entienden el castellano y la lengua muchaca. Lástima que nuestros propios indios, desesperados por la pobreza, sirvan de intermediarios a vendedores sin escrúpulos que los llevan al exterior. ¿Sabíais que más de la mitad de las aves exóticas de contrabando llegan muertas a su destino?

Michael sintió una gran vergüenza en su interior, pues por un momento pensó en la posibilidad de llevarse uno de esos bellos animales a su país; sin embargo, el comentario de Tara le hizo cambiar su pensamiento irresponsable por otro más humano.

–Vamos, tenéis muchas cosas que conocer –dijo Tara.

Los días siguientes fueron muy intensos y llenos de cosas nuevas. Los chicos se quitaron sus ropas y se colocaron unos diminutos taparrabos que les permitían moverse con más agilidad y aliviar un poco el sofocante calor. Luego, para protegerse de las picaduras de los mosquitos y de otros insectos, se untaron sobre sus cuerpos la resina extraída de un fruto de color oscuro.

Hicieron una interesante caminata y así conocieron muchas plantas de la selva tropical que se usan con fines medicinales. Tara les enseñó a cazar con la cerbatana, que es una especie de pajilla de bambú con un dardo muy fino, y a pescar con cestas especiales, que permiten la entrada de los peces, pero luego les impide salir. Por suerte, en esa zona no había pirañas, pues para ese tipo de pesca era necesario meterse en el agua.

Divertidos, contaron a Tara sus aventuras con las pirañas; también le contaron la experiencia con la serpiente que mordió a Michael y cómo se curó con la piedra que les regaló el señor Pietri. Tara, curioso, les pidió que le mostraran la piedra; tras observarla un rato les preguntó:

–¿Estáis seguros de que es efectiva?

–¡Por supuesto! –replicó Christian–. A Michael lo mordió una serpiente coral; los dos la vimos.

–¿Y estáis seguros de que no era una falsa coral? –preguntó nuevamente Tara.

–¿Qué es una falsa coral?

–Es una serpiente muy parecida a la coral, pero no es venenosa; es fácil confundirlas si no se conocen bien las diferencias. Tal vez ésa fue la serpiente que mordió a Michael.

–Creo que es algo que nunca sabremos –dijo Christian sintiéndose un poco decepcionado ante esa posibilidad–. De todas formas, es una historia interesante que contar.

26
La última aventura

Los días transcurrían plácidamente para los dos jóvenes, pero una noche, cuando ya dormían, Tara los despertó:

–Christian, Michael, levantaos.

–¿Qué sucede? –preguntó Christian sobresaltado mientras oía disparos.

–Son los hombres del gobierno de los que te hablé, Christian –susurraba Tara–. Al parecer, saben que tenemos las figuras aquí y quieren llevárselas con la excusa de que pertenecen al gobierno.

–Eso, nunca –dijo Michael–. No lo permitiremos.

–Tómalas, Christian; huye con ellas –le dijo Tara mientras, nerviosamente, las colocaba dentro de la mochila del joven.

Los chicos se vistieron rápidamente, tomaron sus bolsas y salieron corriendo. Luego, escucharon que Tara les gritaba:

–¡Esperad!

Tara dio unas indicaciones a otro joven y luego se unió a Christian y Michael. Corrieron durante varias horas, selva adentro. De madrugada se detuvieron para discutir los pasos que iban a seguir.

–Y ahora, ¿qué hacemos? –preguntó Christian preocupado–. Es evidente que no podemos salir con las estatuillas del país y tampoco las podemos llevar nuevamente a tu comunidad.

–Escondámoslas –sugirió Tara–. Creo que podemos llevarlas a un tepuy, el Sari-Tepuy. Sobre su cima hay unos agujeros enormes; en cualquiera de ellos estarán a salvo. Así, cuando yo esté seguro de que no hay peligro, iré a buscarlas.

Caminaron durante dos días, hasta que llegaron a la base del Sari-Tepuy. En un caserío cercano compraron provisiones y comenzaron inmediatamente el ascenso. Al anochecer ya habían llegado a la cima.

Al despertarse a la mañana siguiente, se quedaron impresionados con lo que observaron. La fina niebla que cubría la cima no les impidió apreciar esta curiosa y extraña formación geológica, de las más antiguas del planeta, compuesta principalmente de estratos de roca arenisca, con gigantescas extensiones planas surcadas por profundas grietas. La poca vegetación existente consistía en algunas plantas endémicas, extensas áreas cubiertas de musgo y minúsculas orquídeas de diferentes colores. Comenzaron a caminar y, al poco tiempo, entraron en un pequeño cañón. Al atravesarlo, notaron algo que los llenó de sorpresa: a sus pies había rocas de todos los colores que brillaban al contacto con los rayos del sol.

–Esto parece otro planeta –decía Michael extasiado.

–Esta zona se conoce como el valle de las estrellas; lo que brilla son rocas de cuarzo. El cuarzo blanco es el más bello de todos, aunque va desapareciendo debido a los excursionistas que deciden llevarse un recuerdo a sus casas –les explicó Tara.

A medida que continuaban la caminata, iban descubriendo más cosas interesantes. Vieron extrañas formaciones rocosas con peñascos colocados unos encima de otros a manera de columnas, retando cualquier ley de gravedad; pequeñas plantas carnívoras que atrapaban insectos para obtener los nutrientes de los que carecen las formaciones de arenisca; y riachuelos que caían por las lados del tepuy, formando pequeños saltos de agua.

Se dirigieron hacia el lado sur de la meseta y allí se encontraron con una selva enana o achaparrada. Ya se estaban acercando a los hundimientos.

Eran tres agujeros bastante profundos en plena cima del tepuy, originados por la acción de ríos subterráneos. Dentro de ellos se habían creado ecosistemas aislados en los que crecía una vegetación típica de selva húmeda llena de plantas exóticas y manantiales de agua que nacían allí mismo.

–En estos agujeros existen algunas especies de animales y plantas que no se han visto en ningún otro lugar del planeta, pues ha habido muy poca interferencia con el exterior –dijo Tara–. Creo que debemos esconder las figuras en el agujero más pequeño, pues es el que menos interés tiene para los científicos.

Cuando ya comenzaban a preparar las cuerdas para el descenso, vieron a lo lejos un grupo de personas. Temiendo que los hubieran seguido, se les acercaron cautelosamente, pero pronto Tara los reconoció. Varios de ellos le saludaron con una sonrisa.

–Hola, amigos. ¿Vais a saltar? –les preguntó Tara.

–Sí; debemos aprovechar el viento favorable –contestó Carlos, el líder del grupo.

Tara los presentó: se trataba de un grupo de aventureros que habían saltado en paracaídas desde la cima del Urunan-Tepuy y ahora lo intentarían desde el Sari-Tepuy. Los chicos se quedaron maravillados con la historia y, olvidando por unos momentos el asunto que los había llevado hasta allí, se quedaron conversando y ayudando a los paracaidistas mientras éstos se preparaban para el gran salto. De pronto oyeron un ruido: eran dos helicópteros que sobrevolaban la zona.

–¿Quién será? –se preguntó Carlos molesto, pues estaba a punto de saltar.

Un escalofrío recorrió el cuerpo de Christian, Michael y Tara. Al aterrizar el helicóptero a unos trescientos metros de distancia, se dieron cuenta de que sus temores eran fundados: el desagradable hombre del gobierno con sus ayudantes estaba allí. Después de dos días de intensa búsqueda, los habían podido localizar; parecía evidente que alguien del caserío en la base del Sari-Tepuy les había informado.

–¡Atrapadlos! –ordenó a sus secuaces.

Los hombres se dirigieron hacia los chicos; afortunadamente, la abrupta topografía y la falta de vestimenta adecuada les impedía avanzar con rapidez. En ese momento, Tara, desesperado, tomó a Carlos por el brazo y le preguntó:

–¿Confías en mí?

–¡Claro, amigo! –contestó Carlos sin dudarlo.

–¡Entonces, ayúdanos, por favor; no dejes que nos atrapen!

Carlos los miró y dijo:

–No podéis llevar peso.

–¡Cargad sólo lo necesario! –gritó Tara a sus dos compañeros.

Los chicos apenas tuvieron tiempo de coger lo más importante. Entre los tres se repartieron las estatuillas y las colocaron junto con su documentación, el GPS y algo de comida y de dinero.

–¡Estamos listos! –dijeron.

–¡Pues no perdamos más tiempo! –indicó Carlos, tirando de Christian y ajustándole rápidamente un arnés que, a la vez, estaba unido al suyo. Sus dos compañeros hicieron otro tanto con Tara y Michael.

–Te lanzarás conmigo. No te preocupes; mi paracaídas aguanta perfectamente el peso de los dos. Tú, simplemente, déjate caer. ¿Listo? –preguntó Carlos.

–¡Listo! –contestó Christian.

–¡Entonces, allá vamos...! ¡Uno, dos, tres! ¡Corre! –gritó Carlos.

El muchacho corrió y, antes de lo que se imaginaba, el suelo firme desapareció y de pronto estaba flotando en el aire, cayendo mientras un viento frío le traspasaba el cuerpo entero. Mientras caía, miraba todos los rincones que podía ver: selva y verde, verde y selva. Extendió los brazos: era un ave; estaba volando. Cerró los ojos y se llenó de una sensación de paz. Sonrió y luego comenzó a reírse de la felicidad. Más adelante abrió los ojos nuevamente: el sol hacía brillar la extensa sabana, llena de tepuis y árboles, de cielo claro sin nubes. «Estoy en el paraíso», pensó. Luego recordó lo que, en una oportunidad, oyó decir a un diplomático de su país, haciendo referencia a Galerón: «Si Dios escogiera un lugar de la Tierra para vivir, seguramente sería éste.»

Unos minutos después llegaron a tierra y, al momento, Michael y Tara llegaron también. Gritos de satisfacción y emoción llenaron la sabana completa.

–¡Muchas Gracias! –dijo Christian a Carlos y a sus compañeros.

–¡Gracias, amigos! Agradeceremos siempre vuestra ayuda –les dijo también Tara y, dirigiéndose a Christian y Michael, les pidió–. Debéis iros. Yo esconderé las estatuillas y luego os haré llegar vuestras pertenencias, las que se quedaron en la cima del tepuy. No os preocupéis por los hombres del gobierno; una vez que yo esconda las figuras, ya no tendrán ninguna razón para perseguiros. Con respecto a mi persona, tampoco os preocupéis; después de todo, los hombres de Muchaca siempre han sido una leyenda y ellos no tienen manera de probar que existen realmente.

Se despidieron con un fuerte abrazo.

Los chicos caminaron un día y medio hasta llegar al primer poblado que tenía aeropuerto. Allí tomaron el vuelo a la capital de Galerón. El avión despegó justo a la hora del crepúsculo, momento en el que el cielo se tornaba de mil colores. Los jóvenes, a través de la ventanilla, veían por última vez el imponente río Kocóino y la exuberante selva tropical. Aprovecharon el viaje para meditar sobre la enriquecedora experiencia que habían tenido la oportunidad de vivir, junto a los muchacas y el resto de los habitantes de Galerón. Era un país excepcional, sin duda alguna.

27
La decisión de Christian

A la mañana siguiente, los chicos fueron a visitar a Cecil para llevarle un regalo.

–Gracias, Cecil, sin tu ayuda no habríamos podido descubrir este magnífico país –le decían mientras la abrazaban.

–Siempre a vuestras órdenes, pero basta ya, que vais a hacer que llore –dijo ella mientras se limpiaba las lágrimas.

Esa misma tarde partieron rumbo a sus casas. El recibimiento no pudo ser mejor. Sus familias, felices, los esperaban en el aeropuerto, y los colmaron de abrazos y atenciones. Los chicos habían decidido contar a sus padres el verdadero motivo de su viaje y éstos, impresionados, escuchaban con mucha atención todos y cada uno de los detalles de su increíble aventura.

Al final de la narración, Christian sacó un sobre con decenas de fotos que corroboraban la historia. Los asombrados oyentes se quedaron sin habla; luego los felicitaron, tanto por la hazaña que habían realizado, como por la nobleza de haber devuelto el tesoro a quien realmente pertenecía.

–Era lo mínimo que podíamos hacer –decían ellos.

******

Durante las dos semanas siguientes, Christian aprovechó para descansar y para hacer algunas gestiones relacionadas con su matriculación; finalmente, un día se levantó muy temprano y se preparó para salir.

–¿Dónde vas? –le preguntó su padre, sorprendido al verlo.

–Voy a matricularme en la universidad.

–¡Tienes razón! ¿Y cuándo nos vas a decir qué es lo que has decidido estudiar?

–Ten calma. Como os he dicho, es una sorpresa. Cuando regrese, ya os enteraréis.

En la puerta de su casa se encontró con el cartero, que amablemente le saludó:

–Hola, Christian, hace tiempo que no te veía. Justamente aquí te traigo una carta de Galerón.

–¿Qué podrá ser? –se preguntó mientras rompía el sobre y comenzaba a leer:

«Querido amigo:

No sé si te has enterado de que el malvado hombre de gobierno que nos persiguió fue destituido de su cargo, así que las estatuillas ya no corren peligro. Mi abuelo y yo estuvimos conversando y creemos que tenías razón al decir que debemos proteger los tesoros que pertenecieron a nuestros antepasados. Hace unos días convocamos una reunión de los líderes muchacas para discutir el destino de las figuras y se decidió que no las destruiríamos, sino que las donaríamos al museo arqueológico de Galerón.

Como agradecimiento, la directora del museo nos pidió que escogiéramos el nombre del salón donde se mostrarán las figuras y adivina cuál fue la elección: «Sala Christian Thomas y Michael Ori», en vuestro honor. La exposición estará lista en seis meses y nos encantaría que estuvierais aquí para su inauguración.

Tu amigo de siempre, Tara.»

Christian terminó de leer la carta y, con una sensación de dicha infinita, se la guardó en el bolsillo. Luego iría a enseñársela a Michael, pero ahora debía ir a la universidad.

Los edificios de la universidad estaban localizados en un campus amplio lleno de áreas verdes. Christian se dirigió hasta la construcción señorial en la que estaba su facultad y le atendieron en cinco minutos. Al rato, una sonriente empleada le entregaba su carné de estudiante mientras le decía:

–Bienvenido a nuestra universidad.

Christian tomó su carné y lo miró con satisfacción; ya era hora de enseñárselo a sus padres. A la salida, el joven se volvió para observar con detenimiento su nuevo centro de estudios. En letras mayúsculas se podía leer: «Universidad nacional. Facultad de arqueología».

Christian sonrió y, sin más, se marchó a casa. ¡Había logrado tanto gracias a su instinto, que no se podía imaginar todas las sorpresas que le aguardaban en el futuro!

ÍNDICE

Mariela Rodríguez Arvelo

Nací en Caracas, Venezuela, en 1964, en el seno de una familia
de músicos y escritores. De pequeña me mantuve muy ocupada
entre los estudios del colegio y mis variopintas clases extraesco-
lares. Con el paso del tiempo, todo esto me permitió tener intere-
ses y trabajos tan variados como interesantes. Más adelante me
gradué en Administración de Empresas Turísticas y comencé a
trabajar como guía de turismo naturalista. Esta etapa me sirvió
para que, varios años después, escribiera este libro, el cual está
basado en las casi alocadas peripecias por las que pasé, mezcla-
das con interesantísimas vivencias como viajera a varios centros
arqueológicos de América. En el año 2001 me trasladé a España
y actualmente enseño inglés en Castelldefels, Barcelona, donde
vivo con mi esposo y mis dos hijos. Recientemente he escrito
ésta y otras historias, que espero que disfrutes al igual que hice
yo al escribirlas.

TÍTULOS DE LA COLECCIÓN